猫とわたしと三丁目の怪屋敷
Cait Sith/Cat Walk "My Cat and Me and The strange house"
奇水
kisui presents
Illustration ソノムラ
cover design AFTERGLOW

猫とわたしと猫たちの集会

Cait Sith/Cat Walk "My Cat and Me and The strange house"

005

「ねえ、伊緒奈《いおな》がどこに行ったか、知らない？」

二階の自室から降りてきたところで母にそう尋ねられ、沙由実《さゆみ》は
「知らないよ？　なんで？」と答えた。

「探してるのよ。どこ行っちゃったのかしら……」

「しばらく前まで私の部屋にいたけど、ちょっと見てないうちにいなくなっちゃった」

最後に伊緒奈を見たのは確か二時間前。座布団の上で丸まっていた。

暑いので部屋の窓は開けっ放しで、窓の外には祖父が植えた木の枝がすぐ側まで生い繁っている。沙由実がその枝を伝って外に出るということはもうできないが、伊緒奈にならできるということを沙由実は知っていた。

伊緒奈は、何せ彼女の家の猫なのだ。

茶と黒の玉の斑《まだら》の三毛猫で、今年中学一年生の沙由実がものごころついたころには、すでにこの家に住んでいた。となるともう十歳以上の、猫としては相当な年齢になるはずである。それでも動きには鈍っている様子がほとんどない。

「もう、ちゃんと見ときなさいよ」

「そんなこと言ったって」

相手は猫なのだから。

伊緒奈は、何せ猫だから、すぐに何処《どこ》か別の場所にいってしまう。

座布団の上で昼寝しているかと思うと、目を少し離したらもう庭でうろうろしているなんてことはいつものことだ。

ただ、家にいる時は、だいたい沙由実か兄の旭《あきら》が世話を焼いている。いるとしたらどちらかの部屋だろう。しかし旭は今は家にはいない。沙由実の部屋にもいない。それなら。

「多分、家の外だと思う」

「困ったわね……」

「どうしたの?」

「天気予報で、もうすぐ雨が降るって」

「ああ」

なるほど、とそれだけで母の言わんとすることを沙由実は察知した。

飼い猫でありながら部屋と外を自由自在に行ったりきたりしている伊緒奈を、沙由実もその家族も今更心配などしていない。

とはいえ、無闇《むやみ》と雨風に打たせていいわけはない。

「あの子、いい歳だし」

母は普段は伊緒奈のことなど、ほとんど気にしている素振りを見せないのだが、やはり家族の一員だとは思っているらしい。

沙由実も頷《うなず》く。

「じゃあ、探してくるよ」

「頼むわよ」

「うん」

沙由実はそう答えてから玄関に向かう。

さて、どこから探そうか。――まあ、あそこからかな。

靴を履きながらポケットから携帯電話を取り出した。

かけるとすぐに繋《つな》がった。

『はい』

「あ、お兄ちゃん？」

『違います』

沙由実は一瞬だが、硬直した。

携帯の向こう側から聞こえる声は、確かに兄とは違っていた。兄の声ではない。

しかし、兄の携帯電話であるはずなのだが、兄ではない相手が出た――などとは、彼女は一瞬たりとも考えなかった。

「……それ、ボイスチェンジャーってやつ？」

『なんだ。すぐ解るのか』

「いやもう、そういうのいいから」

声はすぐにいつもの兄のそれとなった。

彼女の兄の上月《こうづき》旭は、たまに妹である沙由実に嘘《うそ》だか本当だか解らない話をする悪癖がある。からかったりもする。

物心ついた頃から旭の相手をしている沙由実は今更騙《だま》されたりはしないのだが、旭は手を変え品を変え、ありとあらゆる手段をとって妹に嘘をつこうとする。前回は声と口調の似た別人を電話に出させた。今回はボイスチェンジャーを使ったらしい。

「わたしにはそういうのもう通じないから」

沙由実は断言して、あとに続けた。

「で、ねえ。お兄ちゃんに聞きたいんだけど。伊緒奈知らない？」

『……今は近所の喫茶店にいるんだが』

「ああ、家にいないんだ。っていうか何してんの？」

『仕事』

喫茶店で仕事——というのはよく解らないが、旭はどうやらじっとしているのが苦手な質であるらしく、家のあちこちでノートパソコンを叩《たた》いて何か作業をしている。庭に寝転がりながらもしている。なんの仕事をしているのかもよく解らないが、とにかくそれでお金になっているらしいので、家族は誰も文句はつけていない。

今日は珍しく、家の外に行っていたようだ。

「……まあ、それはいいとして、出かける前、いーちゃん見なかった？」

今は四時で、兄が家を出たのは確か、沙由実が最後に伊緒奈の姿を見たのと同じ、二時間ほど前だった。普通の猫ならばずっとそのままでいるとは考えにくいが、伊緒奈はお年寄り猫なのであんまり動きたがらない。

もしも兄が直後に見ていたのだとしたら、まだその近辺にいる可能性はある。

とはいえ、あまりあてにしていたわけではなかったが。

『庭の、一番古い柿《かき》の辺りにいたかな』

「ああ、見かけてたんだ」

『最近は、あの柿の辺りで寝てるか、あとは家の中にいるかだな』

「それ、初耳」

『言ってなかったからな』

「居そうな場所がわかってるなら、先に言ってよー」

沙由実は唇を尖《とが》らせる。

とはいえ、これは貴重な証言だ。

恐らく伊緒奈の生態に一番詳しいのは、この兄だ。年がら年中、暇さえあれば抱き上げて構っている。もっといえば、野良だろうと飼い猫だろうと、見つけては抱き上げて遊んでいる。猫という生き物が兄は大好きだ。その兄が言うのならば確かなのだろう。

たまに嘘か本当か解らないことを言って彼女をからかっている兄だが、伊緒奈のことについては嘘はつかない――と、信じたい。

「じゃあ、その近辺を探せばいるってことだね」

『多分な』

それだけ聞けば十分だった。

沙由実は電話を切って、玄関のドアを開ける。

「いってきます」

◆◆◆

上月沙由実は中学一年生になって、まだ三ヶ月だった。

だからというわけでもないが、その足取りは跳ねるようだった。お前は動作がつくづくガキっぽい、などと旭は言うのだが余計なお世話だと沙由実は思う。三ヶ月やそこらで中学生らしくなどなれるはずもない。

そんな風に、駆け足で傘《かさ》を持って庭の隅っこにある柿の木のある場所にまで行く。

上月家の庭は無闇に広い。

ちょっとした公園よりも鬱蒼《うっそう》と繁った森の中、目的の柿の木に辿《たど》り着くまでに駆け足で三分かかった。

この柿の木は少し前に亡くなった祖父よりも年上なのだそうだ。

一抱えもあるような太い幹の表面には苔《こけ》が生えていて、そうでない部分も黒く、うろからは不気味な声が聞こえてきそうな風格さえあった。

沙由実だって、伊緒奈がいると聞かなければあまり近づきたくない。

だけど。

「いない」

声が口に出た。

旭が言うのならば、最近はこの辺りにいるはずなのに。

「入れ違いで、家に帰ったのかな？」

（どうしよう）

このまま帰ってしまおうか——と思ってから、首を振る。

伊緒奈は沙由実にとって大切な家族だった。

ものごころついた頃には、すでに伊緒奈は沙由実の傍にいた。彼女の一番古い記憶は、ひなたぼっこをしている自分と隣で欠伸《あくび》をしている伊緒奈の姿だった。

もしかして雨が降るかもしれないのに、それを放っておくなんてできやしない。

「いーちゃーん、何処ー」

声に出してみる。

沙由実は伊緒奈を「いーちゃん」と呼ぶ。伊緒奈というのはどうも兄がつけたらしいのだが、どういう由来があるのかということについては知らない。どうせマンガの登場人物からではないかと思っているが確認したこともない。

どっちにしても、自分が呼ぶのは「いーちゃん」だ。それでいい。

伊緒奈だって「いーちゃん」と呼べば反応してくれる。

……兄の「伊緒奈」にも母の「いおちゃん」にも、父の「いー坊」にも、なんだか渋々《しぶしぶ》という風ではあるが答えてくれている。

もしかしたら伊緒奈には人の言葉が解るのではないか、と思うのが、そういう時だ。

伊緒奈は家族が自分をめいめい勝手な言い方で呼ぶにも拘《かか》わらず、きちんとそれぞれに相手をしてくれている。

（やっぱり、人の言葉がわかるのかな？）

さすがにそんなこと、家族にも言ったことはないのだけれど。

だから「いーちゃん、雨が降るよー」などと具体的に言葉にする。

「雨が降ったら濡れるよー」

猫に言葉が通じるはずもないのだが、そう言ってしまうのだった。

「いーちゃん」

空は曇っているが、雨はまだ降っていない。

傘はまだ開けていない。それも時間の問題のように思われた。

「いーちゃーん」

視界がどんどん暗くなっている。もう日は沈んだのか、沈んでないにしてもかなり暮れているのは間違いない。

「いーちゃーん！」

立ち止まった沙由実は携帯に手をやった。もしかしたら、先に家に帰っているかもしれない、と思った。しかし冷静に考えれば、伊緒奈が帰ったのなら先に母から電話がかかってくるだろう。

「……どうしよう」

選択肢は二つ。

このまま探すか、諦《あきら》めて帰るか。

沙由実は十数秒ほど考えて、決断する。

「いーちゃーん」

携帯を開けて、ライトで周囲を照らした。

枝と枝の間、草むらの中、それらをライトで照らしながら沙由実は歩いた。

「やっぱり、誰か手入れしないと」

沙由実はぼやきを言葉にした。

上月家の庭は無闇に広い。

そしてちょっとした公園などよりもよっぽど鬱蒼と繁っている。

(いくらこの町が田舎《いなか》だからって、うちみたいな庭はほとんどないよね)

普段の生活で特に問題があるわけではないが、こういう時はほとほと困る。

元々は庭ではなくて畑だったのを、祖父はいつからか木を植えたり花の種を蒔《ま》いたりして庭として広げてしまった。祖父母が存命だった頃はそれなりに整備されていたのだが、亡くなって三年もたつとほとんどが荒れ地だった。父も母も外に仕事に出ているし、兄は荒れるに任せたままだ。

そうして出来上がったのは、一見してさびれた神社を思わせるような、鬱蒼とした森だった。

この辺りは、一応は首都圏の端っこにぶら下がってはいるが、未だ農地が多い地区でもある。そのせいもあって近所の人間は何も言わないが、これが住宅地のど真ん中なら、どんな文句を言われたものか——母がたまに口にしている言葉が沙由実の脳裏に蘇《よみがえ》った。

後ろ向きな気持ちの時は、後ろ向きなことばかり思い出す。

「いーちゃんが遊ぶにはいいけどさ……」

口にしてから、首を振った。

今はこんなことをぼやいている場合ではない。

「いーちゃーん」

そんな庭の中を、沙由実は戻る道を辿りながら携帯の光を左右に当て、注意深く見て歩いた。

「いーちゃーん……いないのー？」

声が聞こえるのならば、伊緒奈は応えてくれる。

そんな確信が彼女の中にはある。

やがて。

みゃあ

鳴き声がした。

「……いーちゃん――じゃない？」

沙由実は首を傾げる。

今のは確かに猫の鳴き声だったが、伊緒奈のそれではない。

ほかの人間には解らないかもしれないが、十年付き合ってきた彼女と彼女の家族ならば解る。解るはずだ。今の鳴き声は伊緒奈の声ではない。

別の猫の声だ。

(別に、よその猫がいても不思議じゃないけど)

この辺は田舎で、鼬《いたち》もいるし、野良犬だって迷い込む。時には野良鶏なんてものまで見かけたことがある。もちろん、野良猫だってうろついている。ここの庭は伊緒奈の縄張りではあるが、それはよその猫がいないという意味じゃない。

だけど。

(なんだろう、今の)

変な感じがした。

みゃあ

また聞こえた。

(あれ?)

今度は、沙由実も自分が何に違和感を覚えたのか、はっきりと悟った。

この猫の鳴き声は――

みゃあ
みゃあ

「何匹もいる？」
間違いない。
それも一匹や二匹ではない。
それこそ何十匹といるかもしれない。
猫たちの唱和した鳴き声だった。
何かの歌のように、猫たちが鳴いている。
「え？　だけど――」
周囲を見渡したが、そんなにたくさんの猫の気配はない。
鬱蒼と繁る木々と、その向う側にある薄暗い闇の中に動くものはいない。
視界には猫の影も形もなかった。
（おかしくない？　今の鳴き声、かなり近くだった……はず）

声の大きさからしたら、猫たちはすぐ傍にいるはずなのに。

だけど、姿はまったく見えない。おかしい。変だ。異常だ。

幻聴？　――とまで思う。

しかし、猫たちの声はおさまらない。どんどん大きくなって沙由実の耳に届く。だけど、森の中には相変わらず生き物の姿はない。

（もしかして、風が吹いているのかな？）

枝のこすれ合う音を、猫の声と聞き違える……なんてことがあり得るとは思わないが、なんとなくそんなことを考えて空を見上げたが、曇り空が広がっているだけで、風の気配などほとんど感じない。枝が揺れている様子もない。

改めて森へと視線を移す。

と。

（あれ、は）

ふと、気づいた。

枝と枝が重なりあう隙間《すきま》に、木と木の連なる向う側に、夜が見える。

薄暗闇の曇天《どんてん》の空ではなく、雲一つない夜の闇がある。

（え）

目をこする。

そして振り返る。

空には相変わらず雲があり、大気の色は暮色の混じった薄暗さで――

(何これ)

なのに、自分の見る森の中、ほんの二、三本の木の枝の、その間にだけ夜がある。

だけど、それはおかしい。

もうすぐ雨が降るかもしれないという天気で、今は曇り空で、そしてなによりも、まだ日は沈みきっていない。

なのに。

あそこにだけ夜があり、そして。

「星が、見える……?」

その夜には、確かに星の瞬《またた》きがある。

真上を見ると、空は薄暗い曇り空。

「どうなってるの?」

そう言葉にしつつ、沙由実は歩きだした。

みゃあ

猫たちの声がさらに大きくなった気がした。
一歩、二歩と踏み出すと、それはより強く確信できた。
確かに自分は、今猫がいる場所へと近づいている。
沙由実は次第に足早になって。
やがて。

星空の下に、何十匹もの猫たちがいた。

◆　◆　◆

「猫は集会を開くらしい」
兄がいつか言っていた。何年前だったか、それは覚えていない。

「猫の集会?」

それはどんなものだろうと尋ねると、兄は「よくわからない」と答えた。

「一度だけ、見たことがある。猫が何十匹もいて、ランプを囲んで、鳴いていた」

「ランプを囲んで?」

「ランプだと思う」

兄はそう言いつつも、あまり自信はなさげだった。いつも余裕ぶっている兄には珍しい調子だった。

「それで、そのランプの近くに小高く石か何かがおいてあって、その上で横たわっている大きな猫がいて——」


正直、忘れていた。

どうせいつものほら話だろうと思っていた。

沙由実の兄は物知りだったが、嘘だか本当だか解らないことを話してよく彼女をからかうのだ。

だけどその頃の沙由実にとっては、そんな話でも聞いているのと楽しくて、いつもお話を聞かせてと兄にせがんでいた。

……もう何年も前の、今も子供の沙由実がもっと小さかった頃の話だ。

◆◆◆

「……あれ？」

一瞬の意識の空白があった、という自覚はあった。

どうやら自分が気絶していたらしいということにすぐに思い至り、横たわっているということに気づくのに何秒か、上体を起こすのにはさらにもう少しかかっている。

「なんだろう、夢を見ていたような……」

兄との昔の思い出だった。

まだ沙由実の世界が、今よりもずっと小さくて狭かった頃の記憶。

「猫集会の話なんて、忘れてた――」

「へえ」

すぐ側から声がした。

「猫集会を知っているとは、興味深い」

「知っているって言っても、お兄ちゃんに昔ちょっと聞いたことがあるだけで……」

そこまで言ってから、ようやく沙由実はその声がすぐ傍《かたわ》らから聞こえたということに気づく。

慌てて目を向けた。


黒猫がいた。


「あれ？」

おかしい。声がしたのは確かにこっちの方向で、この辺りからしたはずで……

「何をしているのかね」

「何をって――」

沙由実は反射的にそう答えてから、今の言葉を誰が口にしたのかをはっきりと悟る。

黒猫だ。

目の前にいる黒猫が、今言葉を発したのだ。

「――!?」

「騒がしいな」

「騒がしいね」

「騒がしいぞ」

続いて聞こえた声は、それぞれ別のものが発したものだ。

沙由実は叫びだしそうな口を両手で塞《ふさ》ぎ、それらを見た。

猫だった。

気がつけば、彼女は猫たちに囲まれている。

黒かったり白かったり、トラ猫だったり、三毛猫だったり――大きさや種類に、特別なものがあるわけではない。シャム猫やペルシャ猫の姿も見えるが、近所に普通にいる種類のそれだ。ただ、数があまりにも多い。十四や二十四ではない。見えている範囲だけで、すでに数えきれない。暗闇の中に輝く目もある。

一体、どれほどの猫たちがいるというのか。

「何、これ……」

状況が頭に入ってこない。事態をうまく把握できない。

沙由実がパニックになりかけたその時。

「ようこそ、猫集会へ」

見上げた先には大きな石があり、その上に大きなキジトラ模様の猫が横たわっていた。

「あなたは……？」

「名前を聞く時は自分から名乗るものだよ、お嬢さん」

大キジトラ猫にそう言われた沙由実は、慌てて

「すみません」

とうわずった声で返事をした。猫が相手であるというのは意識から吹き飛んでいた。

とにかく、その猫は大きかった。石の高さは二メートルほど。横幅は三メートルはあるだろう。その頂上いっぱいに丸まった身体を載せている。虎《とら》ほどの大きさがあると、大げさでなしに思う。しかし、その姿は虎ではない。確かに猫だ。近所に普通にいるようなキジトラの猫だ。その大きさが尋常ではないのだ。

「まあいい。こちらはお嬢さんのことは知っているからね」

「知ってる、って――」

「よし坊の孫なんだろう？　ほんの八十年かそこら前まではまだぼちぼちと足が動いてたんでね。たまに近所の子供たちとは遊んでやってたものだよ」

「孫って——よし坊って、おじいちゃんのこと⁉」

「ふふ……」

大キジトラ猫は笑った。苦笑したようだった。

「あのやんちゃのきかん坊が嫁を貰《もら》った時は驚いたものだが、まさか、息子が生まれて、さらに孫までもできるとはなあ」

それを聞いて、沙由実は目を丸くした。

（おじいちゃんは確かに良樹《よしき》だから、よし坊だけど……）

三年前に亡くなった沙由実の祖父は、庭に木を植えるのが趣味の穏やかな老人だった。やんちゃのきかん坊だなんて言葉と結びつくような人ではなかった。

（でも……八十年前なら……）

八十年前——というと、三年前に九十二歳で亡くなったのだから、十五歳。

今の沙由実より三歳年上の男の子であった頃の祖父ならば、あるいはそういう子供であったとしても不思議ではないのかもしれない。

そんなことを、中学で見かける男子生徒たちを思い返しながら、ぼんやりとした頭で思う。あいつらだって、バカばっかりだ。

いや、今はそんなことを考えている場合ではない。

（ここは、この猫たちは……）

沙由実は周囲を見渡す。

ほんの少し前、目覚める前までは自分の家の庭にいたというのに、ここは明らかに見慣れた庭ではなかった。

何処かの森の中の空き地だった。少なくとも、彼女の家の庭にはこんな場所はない。木々の種類だって異なっている。植生を細かく知っているわけではないが、十何年と暮らしてきた庭の草木なのだ。一見すれば違うものだということくらい解る。

そして何より決定的に違うのが、森の向こうにある山々だ。

沙由実のいる町は首都圏の端っこにぶら下がっているとは思えないほどの田舎ではあるが、あんな近くに、視界いっぱいに地平線を塞ぐ山々があるような場所ではない。

見上げると雲一つない夜空。

（何処なんだろう……うちの近所じゃ絶対にない場所だし……猫たちが話すっていうのは……）

もしかして。

「あなたたちって、猫又《ねこまた》？　百年生きたら猫って化けるっていうけど……」

「ねこまた」

「ねこまたかー」

「ねこまたって」

猫たちがめいめい勝手に言葉を出す。感心しているようでもなくバカにしているのでもなく、とにかく言ってみたという風だった。

「生憎《あいにく》と、ここにいる猫で尻尾が裂けるほどに長生きしておるものはいないな」

黒猫だった。この猫だけは他の猫たちと違っているようだった。

「じゃあ、あなたたちは何？」

「猫だ」

「猫よ」

「猫や」

めいめい勝手にまた声にする猫たち。

意図しているものなのかそんなことは特に考えてないのか、それは何かの唱和のようでもあった。

黒猫は大きく頷く。

「聞いてのとおり、猫だ。——ただし、みな十歳以上の、人の世では老猫《ろうびょう》と言われるような猫たちだが」

「それは、どういうこと……？」

沙由実にはよく解らない。そういうものが猫又ではないのか。

「百年を閲《けみ》した猫は尻尾が裂け、猫又になる。だが、猫とは百年生きずとも、化けるとはいかずとも知恵を身につけるモノなのだ」

黒猫が説明した。

「そして十年を経過した段階で、人語を解するようになる」

それが、ここにいる猫たちなのだと言った。

「猫集会というのは、そんな年経た猫たちの集まりのことなのだ」

「じゃあ、ときどき見る、猫の集会も……？」

「あれは、違う。時折に人界の猫たちも同様に集まっていることもあるが、それはここで行われる猫集会を真似ているのだよ。本当の、本物の猫集会は人界では行われることはない」

「じんかい……？」

「そう、お前たちの住む現世、人の世さ。しかし、ここはちがう」

「じゃあ、ここは……」

「ここは『隣界』という。この場所に、その土地の守護猫ともいうべき老猫が在し、それでようやく本当の猫集会となる」

その土地の守護猫――。

「もしかして、その老猫っていうのが」

「うむ」

黒猫に促されて、改めて岩の上で寝る猫を見る。

（……なるほど）

確かに言われてみればその風格というか佇《たたず》まいは、ここにいる他の猫たちの比べものにならないほどのものがあった。威厳というか、威容というか。

「このお方こそは仏法護持を時の百済王《くだらおう》に任じられて数々の経典と共に渡来された、始まりのネコ――」

「よい」

キジトラの大猫は、ぞんざいに黒猫の言葉を遮《さえぎ》った。

「猫の肩書きなんぞ、人の子にとってどれほどのものでもなかろうて。おまえさんは猫なのにちと肩に力が入りすぎだね。もっと気楽にならんものかね」

そして、大きく欠伸した。

先度感じた威厳など欠片《かけら》もない。のんびりとした様は伊緒奈と同じく老猫のものだ。

「しかし――」

黒猫は声を上げた。吠《ほ》えかかるようだった。

「この娘、猫集会のことを知っておりました」

「兄に聞いたと言うておったぞ。よし坊の孫だろう。確か、旭か……あの子ならば、知っていても不思議でもあるまいて」

（何それ？）

祖父と、そして兄は何か秘密を持っていたというのだろうか。

「あきらか」

「あきらは」

「あきらだ」

猫たちがまた唱和した。

何処か困っているような、笑っているかのような、そんな声だった。

（あ、まあ……お兄ちゃんなら、この猫たちが知っていても不思議でもないか……）

伊緒奈をことあるごとに抱き上げて困らせている兄だが、その行動というか愛情は他の猫にも向けられている。

きっとこの中にも、兄に弄《もてあそ》ばれている者がいるのかもしれない。

沙由実はそれを問おうとしたが、その前に「娘」と黒猫の声が向けられた。

「お前は犬のことをどう思う？」

「犬？」

いきなりの言葉に戸惑う。

話の脈絡がよく解らない。一体、どうして今そんなことを聞かれるのか。

「犬って……犬だよね？　柴犬とかブルドッグとかドーベルマンとか」

「犬の種類なんぞ知らんよ。まあそれはいい。どう思う？」

「どう、と言われても……」

世の中の人間は犬派と猫派の二つに分かれる、などとよく言われるが、実際はそんなことなど意識しないで生きている人間が大半だ。

沙由実もそうで、家で猫を飼っているからと言って、犬が嫌いでも、苦手というわけでもない。近所で飼われている秋田犬のシロなどは小さいときから知っていて、たまに散歩に連れられている時に道ばたで出くわすと頭を撫《な》でたりする。それを嫌がらずに黙って受け入れてくれる様は、なかなかかっこよくて犬もいいなあと思ったことがあったりもするのだ。

猫と比べてどっちが上とも下などとも考えたこともなかった。

（けど……）

ここは猫の集会だ。

そんな風に言っていいものかの判断がつかない。嘘でも嫌いですというべきだろうか。

悩んだ。

悩んだが、答えはほどなく出た。

「好きとか嫌いとかは、ないです」

結局、沙由実は正直にそう答えていた。

「あんまりおっきくて吠えられたりしたら怖いけど、じっとしてくれているのなら別に……」

「ほう」

黒猫は相槌《あいづち》を打つ。

「お前は馬鹿か」

「――え？」

「猫の前で正直に言うとは。ここは嘘でも嫌いと言うべきだとは思わなかったのか」

「それ、は――思ったけど」

嘘をつくのは、性に合わない。

もう中学生なのだし、絶対に嘘をついてはいけないというほど頭が硬いわけでもなかったが、なるべく正直でいたいとは思う。誤魔化《ごまか》すというのはよくないことだと、やっぱり反射的に思ってしまう。

「子供だ」

「子供だね」

「子供だなあ」

猫たちがまた口々に言い出す。馬鹿にしているようでもあり、感心しているようでもあり、どうでもいいようでもあった。

沙由実はなんだか面白くなくて、眉根《まゆね》を寄せてあからさまに不機嫌な顔を作ったが、やがて黒猫が「黙りなさい」と言うと、ぴたりと声はやんだ。

「正直は結構なことだ。まあ、嘘をついても解ったけどね。嫌いなどといったら、近所の秋田犬を撫でていたことを追求するつもりであったが――」

(知ってたんだ)

声に出さずに驚いたが、よく考えれば驚くほどのことではなかった。ここにいるのが町内の猫であるのなら、自分がどういうことをしていたのかを知っていても不思議ではない。

と。

そこで改めて思い至る。

（そうだ。ここにいるのは私の近所に住んでる猫たちなんだ）

キジトラ猫は彼女の祖父たちを知っていたし、黒猫も近所にいる犬の話題を出してきた。他の猫たちも兄の名前を口にしている。ならばやはり、ここにいる猫たちは彼女のいる町の老猫たちに違いない。

と、するのならば。

（いーちゃんもこの中にいる？）

あまりの出来事に忘れていたが、沙由実は飼い猫の伊緒奈を探していたのだ。

そして伊緒奈は十年を経た老猫で、この猫の集会に参加していてもなんら不思議ではない。

いーちゃんは人語を解しているような気がするとぼんやりと思っていたが、だからと言って本当にしゃべるなどと考えていたわけではない。こんなことは完全に想定外だった。ゆえに脳味噌《のうみそ》がそこに思い至るまでに時間がかかったのだ。

逡巡《しゅんじゅん》したのは数秒のこと。

「あの、この中に、いーちゃんは——うちの子はいますか？」

体の中のあらんかぎりの勇気を振り絞って出した問いに、猫たちはみんな「うちのこ」と首を傾げた。

「いーちゃんは、伊緒奈です。三毛猫で、雌《めす》で」

「三毛猫はみんな雌だぞ」

「三毛猫は雌だ」

「三毛猫は雌なのだ」

「三毛猫の雄は会ったことないな」

「三毛猫の雄はなかなか化けない」

猫たちがまた騒ぎだす。

「それは、そうなんですけど……」

沙由実は言葉に詰まる。

どうも余計なことを言ってしまったらしい。三毛猫が雌などということは言わずともみんな知っていたことなのだ。彼女だって、兄に聞いていた。致死遺伝子というもので、三毛猫で雄というのは生まれにくいのだと。

見渡す猫の群の中には、三毛猫も何匹もいた。

ひょっとしたら……と目をこらすが、ぼんやりとした光の中ではよくわからない。

それでも、なんとなく彼女の家の伊緒奈ではないような気がした。

「お嬢さんは、飼い猫を探してここに迷い込んできたのかい？」

キジトラ猫が、言った。

とたんに猫たちの声がやんだ。

「はい」

沙由実は顔を上げ、まっすぐに視線を向けた。

「伊緒奈という三毛猫です。十年くらい生きているから、もしかしたら、ここに混じっているかなって、さっき思ったんですけど……」

「ふむ。まあ、そんなところかね。『走狗《そうく》』でもなし、猫集会を知っていたのもたまたまだろうし。それで迷い込んでくるというのも」

キジトラ猫はそこまで言ってから大きな欠伸をした。

そして石の上で丸まった。

「よく、ここに入ってこれたね。ここはただ偶然に入れる場所でもないのだけど」

「……よく解んないですけど、伊緒奈を探してたら、声が聞こえてきたし、その——

ここの、雲一つない空が見えたし」


その一言にどれほどの意味があったのか。

黒猫が顔を上げ。

周りの猫たちもざわめきだし。

キジトラ猫さえも、丸まった体を起こした。

そして。

「なるほど、なるほど」

そう頷くと、「お嬢さん」と目を細めながら言った。

「どうやら、ただ帰す訳にはいかなくなったねえ」

「————え⁉」

沙由実には、キジトラ猫の言葉の意味がよく解らない。

今の自分の話したことで、どうしてこんな反応を猫たちが示すのか見当もつかない。

「これも何かの縁だ。お嬢さんにはそうだね、一つ頼みごとをしよう。それができたのならば、無事に返してあげよう。もしもできなかったのならば――」

キジトラ猫は、笑った。

猫が笑うというのは見たことも聞いたこともない。

だけど、確かに、その時にこの大猫は、笑っているように見えたのだ。

「大切なものを、ひとついただくよ」

◆◆◆

「大切な、もの……？」

それはなんのことですか、と聞く前に、キジトラ猫はふいと首を振った。これ以上話を聞かない、ということなのかと一瞬思ったが、違った。

「あそこにお社《やしろ》がある」

「え」

キジトラ猫はそちらを見よ、と示したのだ。

沙由実も倣《なら》って首を向けると、夜の闇の小山の中で、ひとつだけがぼんやりと、頂上に小さな小さな光が浮かび上がった。

さっき見まわした時は、あんなものは見えなかったのに。

それはともかく、あれが多分、お社ということなのだろう。

「あそこにいけば、頂上にお社があり、そこに鏡がおいてある。それをここに持ってきて貰えるかね」

その言葉に、他の猫たちがざわめきだす。

「鏡！」

「鏡だ」

「三種の神器《じんぎ》の最後の一つ」

「最後の一人」

「この娘か」

「大丈夫か？」

(何？　何のことなの⁉)

それを問いただすだけの気力が沙由実にはわいてこない。何か自分が、とてつもなく形容し難い大きな流れの中にある……そんな気がしてきている。

断ろうとしたってできない何かに自分は巻き込まれたのだと、この時の彼女には解ったのだった。

「とにかく、それを取ってくれれば、無事に帰してあげよう」

「……約束、してくれるの？」

キジトラ猫は欠伸をした。

それから、「うん」とはっきりと言った。

沙由実は大きく深呼吸する。

「解りました。取ってきます」

他に選択肢はなかった。


夜道を進む沙由実の足取りはおっかなびっくりだったが、迷いはない。

最初は山道ということもあって慎重に慎重を重ねていたのだが、舗装などされていないのに、随分と綺麗《きれい》な印象を抱かせる道だった。

足元には草むらもなく、平らな土の道が続いている。普通、山道などというものは轍《わだち》の跡ででこぼこしているのだが、ここにはそんな痕跡《こんせき》など一切ない。もしかしたら、この道は自動車はおろか、人の足に踏み込まれたことなどないのかもしれない。

(隣界——っていってたっけ)

人の住む現世と隣り合ったところにある、別の世界。

そこに人の常識を持ち込むのは意味のない行為なのかもしれない。

そう思いながら、夜道の先に浮かび上がる光を見る。

石灯籠《いしどうろう》だ。

石灯籠が夜道を照らしている。

石灯籠の中の蠟燭《ろうそく》が一つ、ひっそりと輝いていた。

(あれを目指せばいいんだ)

はっきりと光が見えていて、そこに至るべき道もまっすぐに延びている。そしてその道を等間隔で照らす灯りは、一つ進むごとにぼんやりと闇の中に浮かび上がってくる。不思議ではあるが、そのことを気にするのはすぐにやめた。

道があり、光がある。

ならば、進む。

とはいえ。

「……どうして、私に行かせるのかな?」

歩きながら、そんなことを考える。

猫たちの様子は明らかにおかしかった。自分が取りに行かされるという鏡はそれだけ凄《すご》いものなのだろうか。と思ってから、ではなんでそんなものを自分に取ってこいと言ったのか、その真意が考えてもよく解らない。

なんでだろう。

なんなんだろう。

あの大キジトラ猫は自分に何をさせたいのだろう。

鏡を取ってこなくて、あるいは取ってこられなくて奪われる大切なものというのはなんだったのか。今となってはそれも聞いておくべきだったような気がする。

なんとなく大事なものと聞いて命ではないかと思ったが、あの猫たちがそんなものを欲しがるだろうか。

では命と違うのだとしたら、一体自分の大切なものとはなんなのだろうか。

考えても考えても、答えは出ない。

そしてまた、ぼんやりと灯籠が滲《にじ》み出るように現れた。

沙由実はそちらの方に進もうとして。

「…………………？」

何か違和感を覚えて、足を止めた。

灯籠は確かにさっきまでとよく似ていたが、どうしてかあちらに行ってはいけないような気がした。

立ち尽くしているうちに、新たに石灯籠が生じた。

「こっちだ」

そう口にしていた。

今の灯籠ではなくて、こっちの灯籠の方が正しい道筋を照らしているのだと、なんとなく解る。

沙由実は再び歩き出す。

◆◆◆

「――三人目に、間違いないようだね」

キジトラ猫がどこか眠たそうな声でそう言うと、黒猫が不満げに「にゃあ」と鳴いた。

あえて言葉にしなかったのか、それとも言葉にしたくなかったのか。

「三人目」

「三人目の『猫の手』」

「三人揃《そろ》うなんて何年ぶり？」

猫たちが歌うように呟《つぶや》きはじめる。

「鏡の持ち手は真実を見出す」

「剣の使い手は邪悪を選《え》り分ける」

「玉の担い手は生命を――」

黒猫はその唱和を黙って聞いていたが。

「伊緒奈」

と言った。

「お前には他猫事《ひとごと》ではないのだぞ」

果たしてその声に応えるように、闇の中から「にゃあ」と聞こえた。

◆　◆　◆

「ここ、が、お社」

沙由実はそれを目の前にして、息を荒げつつ確認するように言う。

石灯籠の導きによって、なんとかここまで来られた。

随分と歩いたような気がする。

途中で携帯を見て時間を確認するということはどうしてか考えなかった。目を逸らしただけで灯籠を見失ってしまうのではないかと考えてしまうのだった。そして灯籠はたまに浮かんでは消えたり、一つだけではなくて一度に三つも四つも出てきたりもしていた。

その中で一つだけ選んでここまで来られたのだけれど。

(あれって、なんとなくこれだっての選んできたけど、間違ってないよね)

なんとなく「違う」と思った道が実は正解だったりしたらどうにもならないが、とにかくここに来られたのだから正解だと思うことにする。

とは言っても、ここが本当に下でキジトラ猫に示されたお社なのかは解らない。

「とにかく、お社にあるっていう鏡を持って帰って……」

それで、無事に帰してくれるはずだ。

無事に帰れたら――伊緒奈をもう一度探そう、と思った。

あの猫集会に混じっていたのなら心配はいらないだろうけど、そうではないかもしれない。

伊緒奈のことを思い出したら、落ち着かなくなってしまった。

ついさっきまでは自分のことだけしか考える余裕がなかったのが、お社が見えたことで気が緩んでしまった。

ふっ、と。

お社が、消えた。

正確には、お社の前に灯っていた二つの灯籠から火が消えた。

それだけで、夜の闇はお社と境内を飲み込んでしまった。

「⁉」

どういうことなのか。

沙由実は目をこらすが、お社は見えない。

（まさか、あの猫の意地悪なんてことは……）

そう思ってから首を振る。

違う。

あのキジトラ猫は嘘を言っていない。

それだけは確信できた。

理由などないのだが、沙由実はそう思った。

それはあるいは、正しい道筋を照らす石灯籠を選択してきた勘——のようなものが働いていたのかもしれない。

本当の、正しい、至るべき道筋を本能的に選り分ける資質が。

そんな勘が、伊緒奈の中で囁《ささや》いている。

（あのキジトラさん、いじわるをする猫じゃない）

だとしたらこの闇は、なんなのだ。

「ああ、もう……」

さっきまで道があったと思《おぼ》しき方向へと踏み出して。

「にゃあ」

と聞こえた。

それは。

確かに聞き覚えがある声だった。

「伊緒奈――⁉」

体は心よりも早く動いた。

沙由実は迷わなかった。

探していた自分の家族の方へと足を――

◆◆◆

「――って、あれ」

沙由実は体を起こす。

そして左右を見渡した。

確認するまでもなかったが、どうしてもそうしてしまったのだ。

ここは自分の家の、自分の部屋だ。

「夢……」

変な夢だった。

雨が降りそうな夕刻に庭に探しに出て、そして。

「猫集会とか、変な夢……」

「夢なら、その手に持っているのは何さ」

「え」

そう言われて、彼女は自分が両手に抱え込むように円盤を持っていることに気づく。

それは社会科の授業で見た銅鏡というものによく似ていた。少なくとも、形状はそっくりだった。細かく文様が入った面と、鏡のように磨かれた面がある。色が違うのだ。教科書や資料集に乗っていたのは青錆《あおさび》の浮いたものであるのに対して、これは茶色と言うか、飴《あめ》色というべきか、沙由実がほとんど見たことがないようなぴかぴかの銅の色だった。

「これ、鏡？　って、私……」

「この町の『猫の手』に贈られる三種の神器の一つさ」

沙由実は、おそるおそるという風に、その声の方を向いた。

三毛猫が、いつものように座布団の上に座り、彼女を見ている。

伊緒奈。

「何はともあれ、『猫の手』になったんだからな。改めてよろしくね、沙由実」

「――――」

彼女の家族はそう言って、にゃあと鳴いた。

猫とわたしと新しい友だち

Cait Sith/Cat Walk "My Cat and Me and The strange house"

「いーちゃんって、話できたの？」

家族として長くつきあっている猫がいきなり目の前で話し出したのに、沙由実は随分と間の抜けた事を聞いてしまった。

「話の流れから悟りなって。新米でも『猫の手』だろ、沙由実」

そう言われても――という言葉を沙由実は吐き出そうとして、なんとか飲み込んだ。聞くべきは別のことだ。

「ねこのて？」

「ふん？」

伊緒奈はそう言ってから、後ろ足でばさばさと頭を掻《か》く。いつも通りの所作だ。いつも通りすぎて、さっきまで話していたことが何かの冗談にすら思えてくる。

それからしばらく毛繕《けづくろ》いを続けていた伊緒奈だが、やがて沙由実の方を向く。

「言ってなかったかな？」

「聞いてない」

そうだったか。そうだったかな。――伊緒奈はそう言ってから、ふわあああと大きく欠伸した。

そして、再び沙由実を見る。

「また明日でいい？」

「今言ってよ！」

「人間はせっかちすぎるね」

猫はのんびりすぎる。

彼女はそう言いかけたが、かろうじて口に出さずにとどめる。ここで余計な口を挟むと話が進まない。とにかく自分が一体どういうことに巻き込まれたのか、伊緒奈は何を知っているのか、それを聞いておきかった。

「あと、さっきの猫集会、いーちゃんもいたんだよね」

「一度に聞かれたって、答えられないよ」

「あ、ごめん」

確かに、今のはせっかちだった。

「まあ順番に答えてあげてもいいけど、その前に一つだけ約束してくれる？」

伊緒奈はそう言ってから、扉の方を向いた。猫があらぬ方向を見るというのはよくあることだけに、沙由実もそのことについていちいち咎《とが》めたりはしない。

「約束？」

「うん」

顔は相変わらず扉に向けたままだ。沙由実もなんとなくそっちを見てしまったが、特に変わったことがあるわけではない。

ノブも動かないし、誰かがいる気配もしない。

なのに、随分と伊緒奈は気にしているようだった。

「猫集会に紛れ込んだことと、あと――そうだね、私が話せる猫だってのは内緒にすること」

「……解った」

どうせ言ったたって誰も信じないだろうけど、と思いながらも沙由実は神妙に頷いた。約束は約束だ。

伊緒奈は彼女の言葉を聞くと、また大きく欠伸してから、扉を見る。

「だけどやはり、話すのはまた明日ということになりそうだね」

「え。何それズルい――」

一方的に約束だけさせてそれはないのではないか、ということを沙由実が非難しようとした時、扉がノックされた。

「誰っ？」

思わず声を上ずらせてしまったが、いちいち誰何《すいか》するほどのことでもないと気づく。

自分の部屋にノックして入ってくるのは一人だけだ。

「自分だ。入るぞ」

「あ、お兄ちゃん、ちょっと待って」

などと言ったが、自分がどうしてそう言ったのか、実のところよく解らなかった。

冷静に考えれば、ここにいるのは自分と伊緒奈の一人と一匹だけで、慌てて取り繕うようなことなどないのだ。伊緒奈は少なくとも自分で内緒にしてくれと言ったからには人の言葉は出さないはずだし、沙由実もいつも通りに振る舞っていれば何も問題はないはずだ。

そんな思いを知ってか知らずか、

「にゃあ」

と伊緒奈が鳴いた。

「ああ、いたのか。伊緒奈、戻っていたんだ」

「あ、ちょっと」

扉を開けて、彼女の兄、旭が入ってきた。

旭は小柄な沙由実と違い、背が高い。顔も悪くない。だが、そのファッションセンスは何処かずれていて、まだ二十代の若者だというのに、茶色の甚平《じんべい》などを愛用している。そんないつもの格好で、入ってくるなり眼鏡のブリッジを指で一度押さえると。

「いなくなってたと聞いて、心配してたんだぞ」

「あ」

伊緒奈は抱き上げられてから腕の中で暴れているのだが、旭は手慣れたもので腕を動かして伊緒奈を丸めるように取り押さえてしまった。さすがに十年以上のつきあいがあり、猫使いなどと言われていただけある。感心してしまうほどの手際のよさだ。

だが、今日に限っては、沙由実は伊緒奈が助けを求めていると解った。

(あんな顔をするなんて)

いつもなんとなく嫌がっているなあとは察していたが、今日の、さっきまで話していたということも関係しているのかもしれない。

「にゃあ」と鳴いて彼女へと顔を向けている様子は、いつにも増して嫌そうだ。

むしろ、今まで我慢していたのかもしれない。

(ああ、そうか)

沙由実はぼんやりとと気づく。

(なんでさっきまで扉をじっと見てるんだろうと思ってたけど)

一つ察しがつくと、次々に思考が新しい事実を導き出す。

（さっき、またあとでって言ったのは、お兄ちゃんが傍に来ているのに気づいてたからなんだ）

旭は変に機敏で、そして気配を消すのが得意だった。

誰にも悟られずに部屋を出入りできる。いつの間にか背後に立っているなんてことはよくあることだ。どうしてそんなことができるのか、そもそもどうしてそんなことをしようとするのか沙由実には解らないのだが、とにかくそんな兄だった。

沙由実は嫌いではないのだが、伊緒奈はどうもこの兄を苦手にしているらしい。きっと、伊緒奈は旭の接近を警戒していたのだ。

今も丸められるように抱かれつつも、どうにか脱出しようともがいている。

それを巧妙に腕を動かして封じていく旭。

いつもなら呆れつつも放置しておく光景なのだが、助けを求められては放置してはおけない。

「あのさ」

沙由実が声をかけた時。

「では」

旭は伊緒奈を抱いたまま、部屋から出ていった。

呼び止める暇もなかった。

「にゃあ」

あわれっぽく、伊緒奈の声が聞こえた。

一度伊緒奈を連れていくと、寝るまでは決して旭は伊緒奈を自分の部屋から出そうとはしない。

「何しに来たのよ、あの兄貴は……」

もちろん、伊緒奈を連れていくために来たのだろうが。

(でも、伊緒奈の言ったとおりになっちゃったな)

話すのはまた明日——というのは、つまりはそういうことだったのかと、なんとなく沙由実は感心してしまった。

そして、残された『鏡』へと目をやる。

「これ、キジトラ猫さんに渡さなくていいのかな?」

◆ ◆ ◆

「どうも、旭には参る」

伊緒奈が沙由実の部屋に帰ってきたのは、次の日の朝だった。

旭は自分が出かけるまで解放してくれなかったらしい。いつものことといえばいつものことだが、今日は事情が事情だし、もっと早くに迎えに行けばよかったかな……などと考えてはいたが、口に出た言葉は別だった。

「ああ、やっぱりいつも嫌そうにしてたのは、本当に嫌だったんだ」

「あのねえ。気づいてたのならば、すぐに放すように旭に言ってくれないか。抱きあげられるのは嫌いではないが、旭の構い方はほどほどにしてほしい」

「ふうん」

「気のない返事をするな。いや、ま、しかし私が嫌そうにしていたのに気づいてたとは、やはり『猫の手』になるだけはある。勘がよいな」

「嫌そうなのは、誰だって見れば解るよ」

あれで喜んでいると思うのは、よほどに察しが悪い人間だろうと思う。

「まあそれはおいといて、話してくれるよね、その『ネコノテ』ってののこと」

「面倒くさいがね」

そう答えた伊緒奈は、首を沙由実の勉強机の上に向けた。

「まあ、行きがかり上もあるし、沙由実とも長いつきあいだ。まずはその鏡を」

沙由実も伊緒奈に促され、机の上に置いてあった鏡を手に取る。

昨日目覚めた時に手にしていたもので、伊緒奈が旭に連れていかれた後にも何度も触ったり覗《のぞ》き込んだりしていたが、何も起きないし映るのは自分の顔と部屋の壁くらいのものだった。形状は確かに昔の銅鏡みたいだが、それ以外では何の変哲もない鏡でしかないらしい。試しに漫画で見たことがある魔法の呪文なんかを口にしてみたのだが、それでも何も起こらなかった。

「これ、あの大きい猫さんが、持ってきてくれって言ってた鏡だよね？」

「そうだが、取ってこいと言ったのは沙由実を試すためね。別にすぐに渡す必要はないから。しばらくは沙由実が使うものだから」

「わたしが？　使う？」

「『猫の手』が使う道具だよ、その鏡は」

「だからそのネコノテって――」

「猫の手のもの、の略だよ。略して猫の手」

「――なにそれ？」

「猫の代わりの手足になって、やっかいごとを片づける人間のことだよ」

いともあっさりと、伊緒奈は言った。

「猫の手足？」

「比喩《ひゆ》表現くらい、中学にもなると解るだろ」

「いや、解んないのはそっちじゃなくて……」

そもそも、どうして猫が人間を使ったりするのか。

「猫にはできないことをやらせるためだよ」

「……いーちゃん、もしかして私のこと、馬鹿にしてる？」

伊緒奈は大きく欠伸した。いつものことのようにも見えたし、何か誤魔化している風でもある。

やがて。

「まあ、話せば長いが――」

と語り出す。

そもそも、猫とはこの国に昔からいたものではない、と伊緒奈は言った。

「大陸から仏法が伝来した折りに、教典が鼠《ねずみ》に齧《かじ》られないように番をさせるため、三宝もろともに渡ってきた――」

「三宝？」

「えーと、坊さんと経典と……どうでもいいか」

「どうでもいいの？」

「どうでもいいよ。大昔のことなんて、特に興味はないし」

ただ、そのような話が伝わってきているという。

そこまで語ってから、伊緒奈はぺろぺろと背中を舐《な》める。

沙由実は呆れて溜息を吐いた。

「どうでもいいんだ……」

「えーと、なんの話してたっけ？」

「ネコノテの話だよ」

「ああ、それそれ」

そう言ってから、伊緒奈は後ろ足で頭を掻いた。

「とにかくな、猫は元来、強い霊力を持った生き物なんだけど」

「そんな話、してなかったよ？」

「特別な仕事を任されてたわけだから強いのだ」

「鼠からお経を守るのが仕事だったよね？」

「馬鹿にしてはいけない。鼠はなかなか手強い生き物なんだぞ？」

「馬鹿にしてないよ」

……こんな調子で、なかなか話が噛《か》み合わなかった。

これで相手が人間だったら、沙由実だって切れていたかもしれない。

だが、相手は猫で、しかも彼女が物心ついた頃からこの家に住み着いているという、家族も同然の愛猫だ。怒鳴りつける気はおきなかったし、たまにいつも通りに振る舞うものだから、かえって口を挟みにくい。

話せて、不思議な力があるにしても、猫はやっぱり猫なのだった。

「——まったく、心配して見にきたら、これだ」

いい加減疲れ始めてきたころに、そんな声がした。

聞き覚えがある声だ。

しかしそれは、ドアの方からではなくて、窓から聞こえた。

「あなたは——」

「なんだ、クロか」

伊緒奈は一瞥《いちべつ》してから、つまらなさそうに座布団の上で丸まった。

しかし沙由実はそうはいかない。そこにいたのはクロと呼ばれた通りに黒い猫で、そしてその黒猫には沙由実はとても見覚えがあったのだ。

「猫集会で会ったよね?」

その黒猫は、集会の時と同じく偉そうな態度のままに部屋に入ると、伊緒奈の隣に座ってつんとすまし顔をした。

「いかにも」

よくみると、首には青い首輪が巻かれていた。

「あの集会に来ていた黒猫は他にもいたが、あなたと話をしたのは私だけだ」、伊緒奈は欠伸した。

クロと呼ばれた黒猫は、きっと伊緒奈をひと睨《にら》みしたが、すぐに沙由実の方へと向き直る。

「猫の中でも呑気《のんき》ものな伊緒奈と、『猫の手』になったとはいえど年端《としは》もいかない小娘とでは、どれほどに話が進んでいるものか――と思っていたが、予想以上にどうしようもない」

「え、その、ごめんなさい……」

なんだか理不尽だ、と思いつつも沙由実は頭を下げる。

「別に、あなたのことを責めてはいない」

クロは隣の伊緒奈をまた睨んだ。

「得体《えたい》の知れない事象にかかわったのならば、誰であっても不安になる。何がおきたかの説明を求めたくなるのは当然のこと。そうなれば説明は事情に通じた方がするものだ」

「あ、はい」

なんだか凄く頭がよさそうというか、解りやすく嚙み砕いて話してくれる。

猫なのに。

「この場合は、伊緒奈だ」

クロはそう言って、大きく口を開けて牙《きば》を剝《む》いた。今にも「シャアッ」と威嚇《いかく》の鳴き声が聞こえてきそうな剣幕だ。

「別にいいじゃないの」

「よくない！」

あまりにも呑気というか無責任なものいいに、クロは怒声を上げた。

「怒ると腹が減るよ」

ただでさえ猫はエネルギーの代謝が高いのに——などと揶揄《やゆ》するように、ぼやくような口調で言う。本気で言っているにしても、からかっているにしても、あまり感心できるようなものではない。

(うーん)

それでも沙由実がなんとなく許せてしまうのは、伊緒奈が相変わらず、あまりにもいつも通りに伊緒奈のままだったからだ。

話せるという以外ではなんの変わりもなく、いつも通りに猫だったからだ。

欠伸をして、頭を後ろ足で掻き、丸まったり、伸びたり、悪意の関与を疑うのが馬鹿馬鹿しくなるほどに気まぐれな猫のままだったからだ。

「怒らせるのが悪いと思っているのならば、怒らせないように少しは気を遣え」

これ以上怒鳴りつけても意味はないと悟ったのか、あるいは諦めたのか、クロは一度うなだれるように首を落としたが、やがて顔を上げ、沙由実を見た。

伊緒奈とは違って、こちらは随分と人間っぽい。

「——こんな調子だ。代わりに、私が説明してあげよう」

「あ、はい。……よろしくお願いします」

　こちらも畏《かしこ》まり、正座をして居住まいを正す。

「何か聞きたいことがあれば、とにかく質問してきなさい」

「それなら――」

　沙由実は少し逡巡したが、やがて。

「その、クロさんは今幾つなんですか？」

「……それは、今聞きたいことか？」

「あ、その、今すぐ気になったので……」

　呆《あき》れたような顔をされ、さすがに沙由実は縮こまった。

　ような、というのは、猫の表情というのが具体的にどういうものなのか解らないからだが、しかし、なんとなくそのような顔をされているように思える。沙由実には確信がある。今はっきりと、自分は呆れられている。

（馬鹿なこと聞いちゃった）

　とはいえ、気になってしまったのだ。

　こんなに人間臭いふるまいをするのは、きっと伊緒奈よりずっと長生きしているからに違いない、と。昨晩、十年もたてば猫は人の言葉を解するようになるという話を聞いたが、こんな風になるのには、きっと十年よりもっとかかるに違いない。そうすると、伊緒奈もそれくらいたてばこんな感じになるということなのだろう。

「言っておくがね」

黒猫のクロは、じっとりとした眼差しで沙由実を見た。

「うん」

「伊緒奈の方が、ずっと年上だよ」

「えー⁉」

完全に、完璧《かんぺき》に、予想外だった。ということもあるが、自分がどうしてこんなことを聞いたのかということも見透かされている、ということにも驚いていた。

しゃべる猫は人の心が解るのだろうか。

「だいたいどういうことを考えているのかなんて、解るよ。私だって、これでも四十年生きている」

この街では古株の方だ、とクロは告げた。

──ということは、伊緒奈は四十歳以上ということになるのか。

「いーちゃん、そんな年上なの⁉」

四十以上だとしたら五十とか六十もあるかもしれない。

それはつまり、ヘタをしたら自分の親よりも年上なのかもしれない、という事実に思い至って、さらなる驚愕《きょうがく》を覚えた。一方言葉を向けられた伊緒奈はというと、また大きく欠伸した。

「忘れたなあ」

「うちにいるのは十年前からだよね？　その前はどうしてたの？」

「覚えてない」

「…………」

「……まあ、私が物心ついた時から、こんな調子だった」

「はあ」

ということは、クロのこんな口調も、伊緒奈の猫々しいマイペースさも、年齢とは関係ない、個性のようなものだったらしい。

「尾っぽが分かれてないということは百年は生きていないだろうけども、とにかくこの街では長老の次の次の、三番目の年寄り猫が、この伊緒奈だね」

自分は四番目だ、とクロは告げてから沙由実を見上げる。「他に聞きたいことは？」

「あ、じゃあ、その、やっぱりネコノテと、この鏡についてとか」

「うむ」

ようやくか、と言わんばかりにクロは何度か頷くと、伊緒奈へと向き直る。

「それで、何処まで話を聞いていたのだ？」

「えーと、猫にできないことをやらせるためとか、霊力が元々強いとか」

「うむ。元々、霊力が強い生き物というのは何種かいるが――」

狐《きつね》・狗《いぬ》・狸《たぬき》――これら人を化かす生き物の話は聞いたことがあるだろう、とクロは言った。

沙由実は頷く。

彼女はまだ中学生になったばかりの子供だが、その類の話は兄の旭がよく話していた。嘘だか本当だか解らないことをよく話す兄であるが、とにかく話題が豊富であるのも確かだ。

「我ら猫は元々この国にいたわけではなく、仏法護持を百済の王に命じられ、三宝を守り波に揺られながら渡ってきたわけだが」

「そこまでは聞いてたよ」

確か経典を鼠から守るためだとか。

「その時に渡ってきた一匹が、うちの町の長老だが」

「え。それ凄くない？」

「凄い。だが、その話は後回しだ」

「むしろ先に話してほしいけど」

「長老の同輩の猫たちの中には、当時すでに道家の行を修めた者がいてな」

「ドウケ？」

「平たく言えば、仙猫《せんびょう》の修行をしていたということだ。猫祖師《ねこそし》より仙号を賜《たまわ》っていたというから、たいしたものだ」

「あー、猫祖師というのは、猫で最初に仙化した猫のことだよ」

見かねたのか、伊緒奈が丸まったままで口を挟んだ。

「……本邦に渡った仙猫は、阿蘇山《あそさん》の猫岳《ねこだけ》にて洞《ほら》を開き、さらにはそこを後進の猫たちの修行場として開基した。猫たちが時折に姿を消すのは、その猫岳で修行をするためだ」

「へえ……」

初めて聞く話ばかりだ。

クロは伊緒奈と沙由実をそれぞれ見てから、目を細める。そしてこほんと咳払《せきばら》いするような仕草をした。人間くさいというか人間の真似なのだろう。

「その猫岳で行を得た猫は、猫たちの王——通称を〝猫の王〟と呼ばれるようになるのだが」

「今は各県に五匹くらいいるけどな」

「王だけど、結構いるんだね」

クロは「余計なことを言うな」とばかりに伊緒奈を見たが、伊緒奈はといえばクロの視線など何処吹く風とばかりに流し、丸まったままに目を閉じている。寝ているのか起きているのか、解ったものではない。

しばらく伊緒奈を睨みつけていたクロだが、やがて無視することに決めたのか、沙由実を見上げた。

「王といってもまあ世話役というか、顔役というか、地方の元締めのようなものでしかないが、なかなかに忙しい。一県に五匹いると言えば多すぎのようにも聞こえるかもしれないが、猫は一つの町に何十、何百といるのだから。持ち込まれるやっかいごとも一日に一つや二つではない。五匹が十匹、五十匹だろうとも足りぬほどだ。最近はそれでも、私らのように話せる猫が増えたので、おおかたの相談ごとは手分けしているのだが――」

どうしても、猫ではやれることの限界がある。

沙由実は頷く。

彼女はまだ子供だが、ここまで言われたらだいたいの事情は解る。

「それで、その、猫の手に余ることとさせる人間が、ネコノテ、ってことなんだ？」

「察しがいいな。さすがに『鏡』を授かるだけはある」

ようやく話が進んだとばかりにうれしそうな顔をするクロであるが、沙由実は「鏡」と言われて手に持つそれを差し出した。

「そう。この鏡だよ。これは何？」

あの夜に持ってこいと言われたこれは、きっとただの銅鏡ではないはずだ。

「それは証《あかし》だよ。『猫の手』の一人であることの証。三種の神器になぞらえて打ち上げられた『猫の手』だけが持つことを許された道具」

それがこの『鏡』なのだと、クロは言った。

「この町の『猫の手』として認められるのは三人まで――『剣』『勾玉《まがたま》』『鏡』それぞれに認められ、それを授けられる者たち……お前はその三人目、『鏡』の担い手として認められたのだよ」

◆　◆　◆

「…………まあ、猫って人間の都合を考えない生き物だっていうのは知ってたけどさ」

沙由実がそうぼやくように言ったのは、クロから話を聞いて二時間ほどたった、彼女の自宅からほど近い空き屋の前でだった。

空き屋とは言っても、この家から人がいなくなってからはまだ一年ほどだ。

沙由実自身はほとんど知らないのだが、以前の住人は老いた母とそれを養う息子の二人だったらしい。五年前に引っ越してきて、四年ほど暮らした後に母が死に、子は家を売って出ていった――

というような話を、沙由実は自分の母に聞いたような気がする。

この類のご近所さん事情については家族の中では母の独擅場《どくせんじょう》であり、会社勤めで休みの日には一日家にいる父と、基本的に趣味以外のことには興味がない兄ではまるで及ばないことである。沙由実にしても、まだ中学生になったばかりだし、ご近所さんの話などよりも友人関係の方が重要に決まっていた。

それなのに、なんで沙由実がここにいるのかといえば、足下にいる彼女の飼い猫の伊緒奈に連れてこられたからである。

伊緒奈に言わせれば「初仕事だ」とのことであり、クロ曰《いわ》く「まあ訓練のようなものだね」とのことだった。

「いきなり大変な仕事をやらせるわけにはいかないからね」

「まあねえ」

と、ほとんど初めて二匹の間に同意ができたようだった。

やはりいがみ合っているよりも、仲良くしている方が見ていても安心できる。

問題は……彼女の、沙由実の意志を無視して話が進んでいることであるが。

「沙由実も、自分の貰った力を試してみたいだろ？」

「…………………」

伊緒奈にそう話を振られ、沙由実はすぐには答えられなかった。

なんだか猫が嫌いになりそうだと彼女は思う。

身勝手というよりも、本当に人間の都合なんてろくに考えてもいないくせに、こちらの心の隙間に入り込んでくる――

「この屋敷に、ちょっと前から妖怪が起きるって噂《うわさ》が猫集会で取りざたされていてね。まあ、ただの噂だけど。長老が気にしてたから、とりあえずの訓練代わりだな」

「妖怪が、起きる？」

不思議な言い回しだった。

しかし相変わらず伊緒奈は沙由実の疑問には答えてくれない。

「こっち」

と言って先行し、玄関から右の生け垣沿いにしばらく進んで、するりと中へと入り込む。

「あ」

「早くしな。誰かに見つかるぞ」

「……うん」

沙由実はもの問いたげに一瞬だけ躊躇《ためら》ったが、やがて覚悟を決めて生け垣の枝と枝の間にある、ちょうど子供がかがんで入れるほどの隙間に身を入れた。

スカートならひっかかるくらいしただろうけれど、今日は動きやすいようにとショートパンツを穿《は》くように指定されていたのだ。

「こっち、こっち」

「ねえ」

庭に入り込んでから、沙由実は伊緒奈に問いかける。

「このまま、お屋敷に入っちゃうの？」

「そうだよ」

「それって、不法侵入だよ」

「そりゃあ、庭に入った時点でそうだって」

「……そうなんだけど」

沙由実の感覚としては、ただ庭に入るだけならばともかく、屋敷の中に入るのは格段にハードルが高い。冗談ではすまなくなるような気がする。

「そんなこと気にしてたら、猫の手はやってられないぞ」

なんともひどい言いぐさだった。

まだネコノテをやると、はっきりと承知したわけでもないというのに。

「こんなところにまでついてきといて、何言ってんだか」

「……近所だし」

「不法侵入はすでにしているぞ」

「………だけど、」

「まあいいか。しばらく外から様子を窺《うかが》おう」

あっさりと前言を翻し、伊緒奈はまた歩き出す。

（本当、猫って……）

マイペースすぎる。

沙由実の内心を知っているのか無視しているのか、ゆったりとした足取りで伊緒奈は進みながら、一方的に説明する。

「妖怪ってのはな、本来は——今でいうところの『超常現象』のことをさしていた言葉だったんだよ」

「超常現象？　ＵＦＯとかそういうの？」

「そう。そういうの。通常の理屈では説明しがたい変な現象——それのことを昔の人間は『妖怪』と呼んでたの」

旭にそういう話は聞かなかったかい？　などと言われたが、沙由実は首をひねる。兄がその手の話が好きでよく沙由実に怪しい話をしていたが、妖怪のことをそういう風に解説してくれた記憶はない。

それをいうと、「ふうん」と伊緒奈は言って足を進めた。

「よく解らないけど」

と言いつつも、沙由実は後を追いながら考えをまとめようとする。

「今私たちが漫画とかで見ているような妖怪というのとは、違うってこと？」

「ああいうのは、その妖怪を絵にしたものなんだ」

「絵にしたの？」

「妖怪はそのわけ解らないことの総称なんだけど、やがて人間は形を付け加えていくんだよ。実はこんなものがいて、こんな変なことを起こしているんだ——って」

そんな想像を絵にしていって、それをさらに元にして今の、漫画やアニメに出る妖怪ができたんだ、と伊緒奈は告げた。

「なんで形を付け加えていったかって、何がなんだか解んないもののままだと怖いからだな」

「怖い？」

「怖いだろ。通常の理屈で解んない現象って、つまり何がなんだかよく解らないことで、昔の人間にしてみたら、それは怖いことだったんだ」

「うーん……」

そう言われると、そうかもしれない。

沙由実がそう思いつつ、しかし納得がいかなかったのは、目の前でしゃべる猫という本当に何がなんだか解んないものがいるということからだった。

――――別に、怖くないし。

そのことは口にしなかったけれども。

伊緒奈は屋敷の裏手にまできて、勝手口に前足でたんたんと叩いた。

(あ、開けてほしいんだ)

いつもこうやって、入りたい部屋の扉を叩くのだ。

沙由実は反射的に扉のノブに手をやって回す。

扉は簡単に開いた。

どうやら鍵はかかってなかったらしい。

伊緒奈はするりと中に入り込む。

「あ、ちょっと」

つい、追って入ってしまった。

「それで、本格的に家宅不法侵入になったわけだが」

「……………………!?」

沙由実は頬《ほお》を膨らませた。

◆◆◆

「——ここ？」


少女がそう問うと、足下から「にゃあ」と返答があった。

それに彼女は頷き、屋敷に向き直る。

「何処から入ったらいいのかしら……」

◆◆◆

「——つまり、妖怪ってのは変なことにそう名前をつけて呼んでるだけで、実際は漫画とかアニメに出てくるようなのはいないのね」

「まあ、おおむねあってる」

伊緒奈は言いながら、進む。

沙由実も最初こそ土足で廊下を歩くのを躊躇っていたが、それでも数分たつ頃には普段通りの足取りになっていた。

この屋敷は近所にあったが、沙由実は一度も入ったことはなかった。親戚でもなく同世代の友達の家でもないのならば入ることなどないし、それ自体はさほど珍しくはないのだが、多分、彼女の家族の誰一人としてこの屋敷に関わったことはないはずだった。

元々のこの土地の所有者はかなり以前にここを手放し、その後にここを購入して屋敷を建てたのは母子だった。沙由実が知っているのはその程度である。その母子は最低限の近所づきあいしかしていなかった。

どうやらその母子のお母さんの方がお金持ちだったらしい——くらいのことは沙由実は母に聞いていた。それ以上のことももしかしたら聞いていたのかもしれないが、興味がないことだったので覚えていない。母も小学生である彼女にそんなによその家の事情など話したりはしないだろう。

それでも微かに記憶していることはある。

屋敷の廊下の窓から、外の庭に眼をやった。

（一年放置しているから、少し荒れているけど、それでもかなり綺麗な庭……）

この町が田舎だとは言っても、この屋敷の広さと規模はかなりのものだ。無闇と広い沙由実の家の庭と同じ程度の敷地があり、そこの庭はちゃんと人の手が入って整備されていたのだ。それに関連してうちの庭もどうにかしたい、みたいな愚痴《ぐち》を母は言っていたような気がする。

沙由実の眼から見ても、ここにはかなりのお金をかけて維持されていたというのは明らかだった。

しかし、この屋敷から、母がいなくなったとたんに息子は出て行ったのである。

（それは確かに、変な話かも……）

建てられたのが五年前で、出て行ったのが一年前――つまり、四年しかここにはいなかったというのだ。

（もったいないよね）

ぼんやりと、そんなことを思う。

もったいなくて、変なことかもしれない。

とはいえ、そんなことを猫たちが気にしたりはしないだろうとも思う。

（お屋敷を手放したのも、何か事情があるのかも……）

旭は、相続税とかそういうことのせいかもしれない、といつか言っていた。

それは沙由実にとっても想像のつかない話だったが、猫にとってはさらにどうでもいいことなのだろう。

それにしても。

猫たちが「妖怪」と噂するものとは、果たしてどんなものなのか。

昔の人間にとって理解できない現象を、怖くないものにするために「妖怪」が生み出された——と、伊緒奈は言った。

ならば、猫たちが妖怪と噂するというのならば、それは猫たちにとって怖いものを怖くないようにしたものなのだろうか。

（どうしよう）

聞いてみたいが、聞くのもなんだか怖い。

まだ日が高いというのに、背筋が震えてきそうだった。

伊緒奈がぴたりと立ち止まり、振り返る。

「怖い？」

「……怖くない」

つい、そう答えてしまった。

「そっか。じゃあ進むよ」

伊緒奈はそう言って、また前へと向き直る。

「あ、ちょっと」

上手く乗せられている――そのくらいの自覚は沙由実にもあるのだった。

（見透かされているのかな）

溜息を吐きながら、またしばらく歩いた。

それにしても、外から見るより中は広いらしい。

もう五分ほど歩いているのではないかと思うが、屋敷全体を把握できない。そここそ広い家である沙由実の家だって、歩いていて端から端までゆくのにそんなに時間はかからない。

いや、沙由実は伊緒奈がわざとゆっくりと、一室一室を調べて回るように進行していることに気づいていた。

（何か、怪しい気配とか、そういうのを探しているのかな）

意を決して、ゆっくりと息を吸い、吐く。

「それで、『猫の手』としての私は、ここで何をすればいいわけなの？」

「ん――――」

歩みを止め、伊緒奈は振り返って沙由実を仰ぎ見る。

「沙由実は、何も感じないのか？」

「感じる？」

「怪しい気配とか、そういうの」

「……わたしは、いーちゃんがそういうのを探しているのかなって思ってたんだけど？」

伊緒奈はその場でしゃがみ、後ろ足で頭をぱたぱたと掻いた。

「そんなの、ただの猫に解るわけないだろう？」

「いーちゃんがそれを言う？」

五十年だか六十年を生きている猫なのに。

「気配に敏感なのは狐狸《こり》の類だね。あいつら基本、野良だから」

「それは野生って言わない？」

野良狸だとか野良狐だとかいう言葉は、聞いたこともない。

「野生なんて、野良をそれらしく言い換えただけだろ？」

「いや……あの、いーちゃんにとってそれが大事なら、それでいいよ……」

どうも、一家言あるらしい。

さすがに、猫相手に不毛な言い合いを続ける気にはならない。

沙由実は諦めたように深く息を吸って、吐き出す。

「猫は目がいい——だから、気配を感じるのではなくて、気配を観るんだ」

「それは、」

どういう意味なのかを問い詰めるようとした沙由実の前で、伊緒奈は部屋の天井の片隅へと顔を向けた。

いつもの、猫らしいしぐさだ。

猫らしく、人間には見えない何かを見ているかのような——

「『鏡』はね、猫の目と同じ力を持つ」

「どういう意味？」

伊緒奈は少し考えるように小首を傾げてから「鏡を取り出してみな」と言った。

沙由実はそこは逆らわず、カバンに入れてきた鏡を取り出す。スーパーのビニール袋に入れられたそれについては、彼女だって気になっていたのだ。

覗き込むと、ぴかぴかの鏡面はガラスのそれと変わらずに沙由実の顔を映している。

「この鏡は、何か名前があるの？」

「名前——は、ないなあ」

みんな適当に名付けて、使ってたはずだ、とこれまた適当というか無責任なことを言う。

「そんなことでいいの？」

「猫が人間の使う道具の名前なんか考えたって、仕方ないだろ」

「…………」

あまりの言いぐさであるが、そう言われてみたらそういう気がしないでもない。

「まあ、みんな似たような名前ではあったかなあ……えーと、その『鏡』は、猫の目と同じ力を持ち、それで真実を映すんだったかな」

「真実？」

「そう。真実。——確か、そんな感じの」

「曖昧だね」

もはや突っ込む気にもなれない。

「『鏡』の担い手に選ばれるのは、隠された真実を見抜く目を持つ者——だとかなんとか」

「あ、曖昧すぎる……」

「まあとにかくだ。その鏡を使って、部屋の中の様子を見るんだ。沙由実が本当に担い手ならば、この屋敷に隠された真実が露わになることもあるかもしれない」

「漠然としすぎだよ」

「まあ——」

隠されたものなど、ないのかもしれない。

伊緒奈は言った。

「むしろ、隠されたモノなんかなくて、本物の妖怪だった方が——」

「……どういうこと？」

「こっちの話。それよりも、沙由実は何を知りたい？　知りたいことがあれば、鏡に映ることがあるかもしれないぞ」

「わたしが知りたいこと……」

言われて、沙由実は首を傾げた。

知りたいことというのも特に無い。気になることと言えば、どうしてこの家を息子さんは手放したのか、それが少し気になる程度のことで……。

特に何も考えず、沙由実は鏡の中を覗き込む。

そして。


鏡の中に、それはいた。


「…………………ッッッ」

沙由実はかろうじて悲鳴を飲み込んだ。

さっき見た時には何もいなかったはずの部屋の中で、それは当たり前のように椅子に座っていた。

いや。

それの前にも椅子があり、座っている誰かがいる。

その誰かは、それとは違ってはっきりと姿が解った。

女性――老婆、と言った方がいいのかもしれない。短く上品に刈り揃えた白髪に眼鏡の、少し前に死んだ沙由実の祖母よりも随分と若い、それでも七十はゆうにこえていると思しき年代の女性だった。

見覚えはない。見覚えはないが、なんとなくこの人がこの家にいたという年老いた母と子の母だということが解った。正直なことを言うと、想像していたよりもずっと若い。老母という言葉から沙由実がイメージしていた姿より、かなり。

となると、その女性の前に座っているのは、その息子ということになるのだろうか。

（けど、なんで……!?）

その姿がよく解らない。

男だろうということはぼんやりとその輪郭から解るが、それ以上の、はっきりとしたことが伝わってこない。

黒い。

黒い影の中に沈んでいるそれは、顔も胴体も、何もかもが曖昧だった。

それと老婆は、最初は普通に話していた。

声は伝わってこないが、次第に熱が入り、激しい言い合いになっていくのが、それの所作、女性の顔から解った。

嫌な感じだ。

人と人が言い争うというのはそれだけで気が滅入るものだが、そのうえ老婆とそれの諍《いさか》いは恐らくは親子の間でのことだ。

それを思うとひどく胸が痛む。

親子兄弟で喧嘩《けんか》をすることはあっても、こんな互いの憎しみをぶつけ合うようなものは見たくなかった。怒りをたたきつけ合い、言葉を刃のように振るう。

その有様は、まだ子供である沙由実には恐ろしくおぞましいものに見えた。同じようなものをドラマなどで何回も見ていたはずなのに、その光景には見る者すべてに不幸をまき散らす呪詛《じゅそ》のような力があった。

「――沙由実、何が見えている⁉」

足下から吼《ほ》える伊緒奈の声は耳に入ったが、答える余裕は沙由実にはない。

鏡の中のやりとりから目が離せない。

やがて――

老婆が遂に立ち上がり、それに何かを言おうとした。

そのまま倒れた。

それに何かされたというのではない。それも突然の出来事に驚いているようだった。

恐らく、それのせいではあっても、原因はそれとは直接は違う、何かの持病を老婆は抱えていたのだろう。

怒りのあまりか、それともたまたまなのか、その発作で倒れたのだ。

さすがにそれも慌てて、ポケットから携帯電話を取り出した。

取り出したが。


それがより黒くなった。


何かが覆い被さったように沙由実には見えた。

それは携帯電話を見つめていた。

老婆は手を延ばして懇願していたようだったが。

やがて、動かなくなった。

それがようやく電話をかけるのが見えた。

沙由実にも解った。本当に、同じようなものをドラマで何回となく見た。推理とか推測だとかそんなものは必要なかった。


それは、自分の母を見捨てたのだ。

（どうして……!?）

憎み合ってたのだろうか。互いに許せなかったのだろうか。

いや。

(違う)

これは、違う。

ここに映っているのは事実の一部分ではあるかもしれないが、真実ではない。

そう思った。

あの隣界の夜道で浮かび上がった石灯籠。

あの時と同じだ。

これは違う。

これは、違うのだと。

沙由実の中で叫ぶ何かがいる。これは、ここにあるのは、この黒いもののやったことであって、ここであったことではない――

信じたくなかったから信じないのではない。

ただ、彼女は感じた。

これは事実ではなくて。

これは真実でもなくて。

『——母さん』

鏡の中で、それは——その男は、携帯電話を取り出してすぐに、ほんの数秒ほど見た後に連絡した。

老婆の延ばした手を、摑《つか》もうとした。

できずに、老婆の手が落ちる。

『母さん、しっかりして！』

（ああ、これが事実なんだ）

その男にかかっていた黒はもうなかった。五十ほどの男だ。世界中の悲嘆を集めたような顔で、老婆の、自分の母の手を握って呼びかけていた。

これは後悔だ。

先程の黒い姿の、老婆を見捨てた男の姿は、事実ではなかった。真実でもなかった。ただ、それでも、この男の中では、事実で、真実なのだ。

現実にあり、彼を後悔させ、苦しませているのだ。
『あんたに、私の金は渡さない』
『なんだよそれは』
言い争いの光景が鏡の中でリプレイされた。今度のやりとりには声がついていた。
激しく、男と老婆は感情をぶつけ合っていた。
『あんたはいつまでたっても脛齧《すねかじ》りで――』
『嫁さんにも逃げられて――』
『そんなじゃいつまでたっても――』
『私が死んだら、財産はお前にいかないようにしとくよ――』
売り言葉に買い言葉、という他はなかった。
老婆の口から紡がれる言葉は重ねられるごとに罵倒《ばとう》となり、遂には致命打となった。

金が必要なのだということを承知した上で、それはお前には渡さないと告げることは、沙由実が聞いていても胸が痛くなった。

自分の欲望を見透かされた上で、それを否定されるのは、きっと辛かったに違いない。中学生らしい潔癖ともいえる価値観を持つ沙由実にも、それは解る。

男に非があることは確かだが、だからといってその人格も何もかもを否定してもいいとまでは彼女には思えなかった。

明らかに、この老婆は自分の息子に対して言いすぎていた。

『――』

男が、何かを言った。

老婆が激昂《げっこう》して立ち上がりかけ――

これが、あのシーンの真相。

そして。

（ああ、そうなんだ）

あの、男が電話をかけずに老婆が動かなくなるのを待っていたという記憶は――男、の後悔が生み出した虚構の記憶なのだ。

躊躇ったのはほんの数秒、あるいは一秒ほどの時間だった。

その一秒が、彼にとっては永劫《えいごう》にも似た後悔を生み出す時間だったのだ。

このまま老婆――母が死ねば、遺言も残さず逝《ゆ》けば、自分には母の遺産が手付かずのまま入るに違いない、と、そんな瞬間は確かにあった。

だが、それは一瞬で、その一瞬の瑕疵《かし》がずっと彼を後悔させている。

もしもそんなことを思わなければ、そんな一瞬の魔が差さなければ母は助かっていたのかもしれないという、そんな想いが創り出したのが、あの鏡にあった光景なのだ。


「違う――――ッ」


叫ぶ。

沙由実は怒っていた。

何に怒っているのか、自分でもよく解っていない。

もしかしたら、それは男が正しく後悔していないことを怒っているのかもしれない。

一秒の躊躇いなどより、母に対してこんな諍いをしてしまったことを後悔するべきだと思ったのかもしれない。

『――さん、随分と落ち込んじゃってってね』

声がした。

母の声だ。

それは、母がかつて沙由実に語った言葉だ。

『鏡』の中に、沙由実の母がいた。

（もしかして）

この『鏡』は、自分の知りたいことを映し出してくれる――のだと、直感した。

勿論《もちろん》、それは何でも解るというほどの便利なものではないのだろうけど。

多分、これは、そこにあるものから自分の見たいものを選出してくれているのだ。

その母は、沙由実の記憶にある、沙由実が忘れていた光景の一部だった。

『私も一度お見舞いに行ったことが有るんだけど、病院で息子さん、お母さんを甲斐甲斐しくお世話してて――』

（生きてたんだ）

このおばあさんは、ここでは死ななかったのだ。

「沙由実？」

伊緒奈の声が聞こえた。

自分がその場にへたり込んでしまっているということに、沙由実はすぐには気づかなかった。安堵《あんど》のあまり、脱力してしまったのだ。

（よかった……）

そして、ようやく気づく。

この『鏡』の中にあるような諍いは、確かにあったのかもしれない。ほんの数瞬の躊躇いを覚えてしまったことも、確かにあったのだろう。

だけど、それは、誰かの命を奪うようなものではなかった。その後悔は、助けられたからこそそのものなのだと、沙由実は気づいたのだ。

（お母さんを大切に想っていたから、だからこそ、ほんの一瞬のことでも許せなかったんだ……）


それにしても、と沙由実は思った。

それにしても、あの黒いものはなんなのだろうか。

そう、思ってしまった。

沙由実は『鏡』を見てしまった。

『鏡』の中で、男に被さっている黒いものを見てしまった。

それは、あれは、後悔をさせた、躊躇いをもたせた、それは。

鏡の中で、老婆を見下ろしているだけの黒いそれは。

その男の形のままで。


こちらに気づいた。


「え」

「しまった——！」

伊緒奈が叫び、部屋の中へと牙を向けて総毛立つ。

通り魔が顕《あらわ》れた——と、彼女がその言葉の意味を脳味噌が吟味《ぎんみ》し出した次の刹那《せつな》。


「どきなさい」

冷たい、と言えるような凛《りん》とした、すゞやかな声が聞こえた。

廊下の床を蹴る音が続いた。

ひゅん、と空気を切り、鏡の中で光が閃《ひらめ》く。

一歩も動けない沙由実の持つ鏡の中で、その少女は背中を向けて立ち尽くしていた。

（誰——!?）

黒く艶《つや》やかで長い髪が目に入った。

衣服は、それこそマンガの中でしか見たことがないようなセーラー服だ。

手にあるのは光の……剣、だろうか。

やがて、その少女は振り向いた。

鏡の中で、優しい眼差しで沙由実を見ていた。ほっとしたような、安堵しているかのような、そんな顔をして彼女を見ていた。

慌てて振り向いた沙由実の見た少女の顔には、額にしわが入り、厳しく鋭い眼光があった。

先ほど見た鏡の中の姿とのあまりの違いに言葉を失うが、沙由実はそれでも体中の勇気を振り絞る。

「あなたは……」

「あなたが新米？」

新米、とはネコノテとしてだろう。

「――どんくさそうね」

それが『鏡』の猫の手である上月沙由実と、『剣』を持つ猫の手である沢井《さわい》祈《いのり》の、初めてのやりとりだった。

猫とわたしと
魔法使いの喫茶店

Cait Sith/Cat Walk "My Cat and Me and The strange house"

「どんくさい子が、『猫の手』なんかやるものじゃないわよ」

少女の続けての言葉に、腹が立たなかったといえば嘘になる。嘘になるのだが、それ以上にその時に沙由実は何と言っていいものなのか、言葉が出てこなかった。

（きれいな人だ……）

自分よりも少し年上か、あるいは同い年くらいに見える。間違っても小学生ということはないだろうし、高校生というほど歳が離れているようには見えない。

多分、女子中学生。

だけど、自分とは違う。

かなり違う。

色白な肌に、黒く長い髪。すっきりして整った鼻梁《びりょう》に、切れ長の目。

「きれい……」

思わず、声に出してしまった。

それ位の美少女だった。

「…………なにをいうのよ」

少女は突然の、それこそ予想外の言葉に軽くのけぞってしまった。

どういうリアクションを取っていいのか、とっさに判断できなかったらしい。

「無事だったようだな」

聞き覚えのある声に振り向くと、しかしそこにいたのは知らない人間だった。

兄ほどではないが背が高い、若い男だ。何処か鋭さを感じさせる鼻梁を持っていた。

眼差しは黒く、細められたそこにはなにか深いものを感じさせた。思わず息をついてしまうほどの美男子だった。

（だけど――）

今の声は聞き覚えがある。それもつい最近、ほんの数時間前に聞いた声だ。話すはずのないものが出した、声だった。

「――クロ？」

思わず口をついて出た言葉に、混乱したのは沙由実自身だった。まさか、そんなはずがない、だけど、しかし、もしかしたら――言葉は頭の中に湧《わ》いては踊り、埋め尽くす。このまま何を言っていいのか、それさえも解らない。

その若者は、猫の名前で呼ばれて怪しむでも訝《いぶか》るでもなく、「ふむ」と頷く。

「さすがは『鏡』の担い手だけあるか。真実を見通す眼を持つ者が選ばれるというのは本当のようだ」

「本当にクロなの!?」

「まあ、な」

沙由実の混乱とは対称的に、クロは落ち着いていた。静かに頷き、彼女の誰何を首《しゅ》肯《こう》した。

歳経てしゃべるに至った猫は——どうやら、化ける猫でもあったらしい。

それも、テレビの中でもなかなか見ないというようなハンサムにだ。

ただでさえ得体の知れないモノに遭遇した直後なのだ。沙由実の混乱は相当のものだった。

クロはその様子を眺めていたが、やがて。

「まさか、本物の妖怪が起きているとは思わなかった」

そう呟く。

妖怪——その言葉に、沙由実は「え」と顔を上げた。

クロはそんな沙由実には反応しない。

「念のためと、あと顔合わせのために祈を連れてきてよかった」

その時に、ようやく沙由実はこの少女の名前を知ったのだった。

「沢井祈よ」

と名乗ってから、手も出さないし、頭も下げようとしない。

「礼儀がなってないな。『剣』の猫の手は」

あきれたように言ったのは伊緒奈だった。

沙由実とクロと祈の視線が集まった。

なんだかこいつにだけは言われたくない、という意思統一がされているようだ。

それに気づいてるのか気づいてないのか、伊緒奈は「まったく」とかぼやきながら、後ろ足で頭を掻いた。

沙由実はその様子を見てから溜息を吐き、改めて祈へと向き直る。

「その、ありがとうございます」

どんくさいとか言われても、態度が悪くても、それは自分が感謝しないという選択肢を選ぶ理由にはならない。

なんだかよくわからないモノから助けられたというのは本当のことなのだ。

「……当然のことをしたまでよ」

息を吐き、祈は言う。

「にしても、アレはなに？」

「アレか。まあ、本物の妖怪だ」

「妖怪というのは、あなたたちみたいなもののことでしょ？」

（あ、言っちゃった）

なんとなく失礼な気がして、言えなかったのに。

「それはそうなんだが」

あっさりと認めた。

「妖怪というのは、本来は原理不明の現象のことを指して、そう言っていたのだ。私たちのような化性の類もまあそれはそうなんだが、猫が年経て知恵を得るのは和漢の古書をひもとけば天地の気の凝るところから変じることが記されている。つまりまあ、正体のしれたことだ」

だが、あれは違う。

「あれは『通り魔』だな」

伊緒奈が言った。

「え、だけど」

「人の言うところの通り魔というのとは少し意味が違う。魔が通ったところにたまたまあれがいたのだ」

魔が差す――といった方がいいのか。

その言葉がよく解らなかったのは、沙由実だけではなかったらしい。祈も眉をひそめている。クロは「あれが通り魔か」と感心したように頷いている。

「魔の話はまた面倒くさいな……せっかくだから、今日の内に三人全員面通しさせておくか」

「またお前はいい加減な……いやしかし、その方がいいか」

二匹は同意に至ったらしい。

「詳しい話は、『ソーサリー』でしょう」

「二人とも、ちゃんと自己紹介しとくんだぞ」

そう言い残し、二匹はさっと立ち去ってしまった。

「あ……」

「仕方ないわね」

祈もきびすを返すと、猫たちを追うように廊下を歩き始める。

すぐ立ち止まって、振り返り。

「何をぼさっとしているの？　早くついてきなさい」

「あ、待って」

沙由実もまた歩き出す。

◆◆◆

沢井祈は中学二年生だった。

半年ほど前にこの町に親の転勤の都合で引っ越してきたのだという。

……それだけのことを聞き出すのに、沙由実は随分と時間をかけた。

何せ祈は足が長い。歩調を合わせるつもりもないらしい。沙由実が気を抜くと、あっと言う間に距離を離される。なんとか半ば駆け足気味についていって、信号などで止まる場所を見計らって話しかけたのである。

最初は迷惑そうに無視していたのだが、ぽつぽつと自分の素性などについて話してくれた。

「――それで、その、沢井さんはいつから猫の手に?」

赤信号で止まり、横断歩道を前にして話しかける。

「三ヶ月前、よ。クロがしゃべっているところに出くわしてね」

「へえ」

「捕まえて白状させたわ」

「……へー」

あの偉そうな口振りで話している昨晩の黒猫のことを思い出す。

あのクロを捕まえて、白状、ときたか。

（ちょっと見てみたかったかも）

「……あなたの方はどうなのよ？」

「あ、私は……」

まさか聞き返されるとは思ってなかったので少し慌てたが、昨晩に伊緒奈を探して変な場所に紛れ込み、猫の集会で鏡を取ってこいと言われた――という話をかいつまんで説明する。

祈は眉をひそめる。

「私とは、全然違う」

「というと、沢井さんはどういう風に、その――」

剣、かな……と自信なさげにそれを授かったのかと聞いた。

祈はしばし考えていた風であったが。

目の前の信号が変わったのを見て、「さあね」と歩き出す。

「あなたに言うようなことではないわ」

「あ、私に話させといて、それずるい」

「ずるくない」

つんとそう答えて、すたすたと先行してしまう。

沙由実はまた半ば駆け足になった。

「ねえ、この先のどこにいくの？」

「それを言うのなら、何があるの、でしょ」

「それ。何があるの」

「聞いてたでしょ？　三人目のところよ。ああ、順番からいえばアイツが一人目で、あなたが三人目だけど」

「私が鏡で、沢井さんが剣ってことは、その人は勾玉ってことだよね」

「そんなの考えなくても解るでしょ」

なんだかんだと話しながら、二人は進む。

やがて数分が経過したところで、赤い煉瓦《れんが》づくりの三階建てのビルが見えた。

「喫茶店？」

「見れば解るでしょ」

そうなのだが、ついちょっと前まで小学生だった沙由実にとって、喫茶店というのはあまりなじみ深いところではない。

通学路からも外れているこの辺りの町並みは、近所ではあるがそれほど見知ったものでもなかった。こんなところに喫茶店があるということも初めて知った。

「ソーサリー《sorcery》」

アルファベットでそう書かれた看板と、杖《つえ》を持った魔法使いを模した金属の飾りが目に入る。

「どういう意味だろ」

喫茶店の名前なんて、それこそ意味なんて特にないものなのだという程度のことは彼女だって知っているのだが。

「魔法使い、みたいな意味らしいわ」

看板を見もせずに、祈は言う。

「それも、悪い魔法使いのことだそうよ」

クローズドになっているのに、彼女は迷いもせずに扉を開けた。

◆　◆　◆

「いらっしゃい」

開店となっていないのに、その人は笑顔で出迎えてくれた。

青年、と言う程度には年をとった、しかし若い男だ。

カウンターの向こうで、優しく微笑みかけている。

（あ、なんか美形……）

イケメン、とか言うのは違うと思った。美形、と言った方がよく合う。茶色がかった髪の青年だ。ウェイターのような格好をして、何か磨いてるようで手には白い布がある。何がその下にあるのかは彼女たちには見えない。人の姿になったクロのような鋭さはない。何処かしら柔らかい印象があった。

「君が、三人目の『猫の手』の、こうづきさゆみさん……だね」

こうづきは、上に月かな、と続けて問われ、「はい」と答える。

「君のことはクロに聞いているけど、クロは漢字に強くない上に、人間の名字とかあまり気にしないものだからね。うん。上月さん。上月さんといえば、丘部《おかべ》の方の人だよね」

「はい」

元々庄屋をしていた家系なのだから、地元のことに詳しい人間ならばすぐに解るものらしい。沙由実が自己紹介するとよくあることなので、さほど疑問を抱くこともなく頷く。

「上月――旭さんはご存じ？」

「お兄ちゃんのこと知ってるんですか⁉」

少し驚いたが、これも本来はそう驚くこともない。上月家の長男で、ちょっと変わった兄は、地元でもなんとなくみんな知っている存在だ。何か凄いことをしたとかいうのではなく、なんとなくみんな知っている。無害な程度に変人で、名前を覚える程度に変な人として。

今沙由実が驚いたのは、こんな美男子の口から旭の名前が出たことについてである。

同じような世代なのだから、もしかしたら学校で同窓生だったとか、そんなことがあるかもしれない。

「あの人の妹さんか……」

美男子は苦笑したように見えた。もしかしたら、本当に苦笑したのかもしれない。苦労しているのだと、なんとなく同情されたのかもしれない。

おもしろくない――というのが、もしかしたら表情に出ていたのかもしれない。

「いや、ごめんなさい。旭さんには在学時代にお世話になったことがあってね。僕が今みたいにここで雇われ店長をしながら『猫の手』なんてしているのも、まあ彼のおかげかもなあって……」

不思議な縁だね、と言って、手に持つモノを布にくるんでカウンターの上に置く。

「橘《たちばな》さん、一方的に聞いておいて、あなたまだ名乗ってもいないわよ」

見かねたのか、祈が口を挟む。自分だって名乗ろうとしなかったくせに、散々尋ねてきて、自分はそれに答えたというのに、随分な言いぐさだった。

「ああ、本当にごめん。僕は橘在昌《ありまさ》。二年前から『猫の手』をしている。君たちの先輩といえば先輩だね」

そう言ってから、青年、橘は、カウンターの向こうから頭を下げた。

ほどなくして「お近づきの印」として橘は二人にフルーツミックスジュースをふる

まうと、入り口の扉に鍵をかけた。

「ここからの話は内緒だからね」

クローズドとしていても、気づかずに入ってくる人はいるのだと語る。

そこで沙由実は気づいた。

「ああ、もしかして私たちに説明するために、今は店を閉めているんですか」

「まあ、ね。昨日の内に新しい後輩ができたという話は聞いたから」

「いいんですか、そんなことして」

雇われ店長だというのに。

「オーナーには、この店の裁量は任されているからね。あと、あの人は、僕が『猫の手』であるということは承知しているから」

「それ、言っていいんですか？」

誰にも言うなって伊緒奈に言われたのに。

「あの人は特別なんだ」

橘の顔は誇らしげであった。

「橘さんは、オーナーの崇拝者なのよ」

「すうはいしゃ……」

「沢井さんの言葉は否定しないけど、なんだか悪意を感じるね。僕があの人を崇拝するのを、君が気に入らない理由はないだろうに」

「……なんだかうっとうしいのよ。あの人あの人あの人って。せめて名前くらい出しなさいよ」

「とんでもない。僕があの人の名前を口にするだなんて」

「そこらがね、なんかいらつく……」

「あー」

沙由実も傍で聞いていて、なんだか少しいらっとした。

「まあ、オーナーのことはおいおい話すとして……後輩である君には、『猫の手』のことをちゃんと話しとこうかなと思って。どうせ、猫たちはろくに説明もしなかったんだろうしね」

「あ、はい」

「クロは猫の中では比較的に論理的に話す方なんだけど、何せいかんせん、猫であるには違いなくてね……根本的に人間の思考とは相容れないというか、あんまりこちらのこと配慮してくれないから……いや、クロの場合はまだ本当にこっちのこと考えてくれる方なんだよ」

「なるほど……」

うちの伊緒奈がおかしいのではなく、クロの方が格別だったということか。

「あとは、君が今日、さっき遭遇したってモノのことも話しとかないとね」

「それ、伊緒奈たちに聞いたんですか？」

「少しだけね。今は奥のシモンを呼びに言っているよ」

「シモン？」

「僕の相棒《あいぼう》だね。ただ、あまり身体が強くない。一日中、寝てばかりだ」

「ああ……」

この人も『猫の手』というのならば、自分に伊緒奈がいるように、沢井さんにクロがいるように、話す猫の相棒もいて当然だ。もしかしたら、クロみたいに人間に化けることができるかもしれない。

沙由実が納得して頷くと、「まだ少し時間がかかるかもね」と橘は奥に眼をやった。どうやら、かなりのねぼすけかもしれない。いや、もし身体が弱く寝ているのだとしたら、それは動かさない方がいいのではないかと沙由実は思った。

寝ている猫を起こすなんて、それは猫好き的にはあまりしたくない行為だし。

「とりあえず、ちゃんと挨拶はしときたいってのは、当人の希望だから」

心配しなくていいよ——

橘はそう言って、また何かを布で磨きだす。

「さて、猫たちがくる前に、少し説明しとこう。クロと伊緒奈に聞いたと思うけど、『猫の手』というのは、猫たちの代わりになって、人間社会の中にあって猫たちが気になっていることを調べたり、あとはいろいろとあるトラブルを解決したりするために選び出された人間……ということなんだけど、念のため、ここらの話は聞いた？」

「そのことなら」

あとは猫の王がどうこうとか、猫長老が仏法が……という話もあったけれど。

「うん。まあ、うちの町の長老が本当にその世代の猫なのかというのは解らないんだけどね。さすがにその時代から猫が生き続けているというのは、考えにくいから。仏法護持とかの話だって、にわかには信じ難い話だし……とはいえ、かなりの年齢であるには違いない」

千五百年は大げさにしても、五百歳はゆうに越えているのは間違いない、と言った。

「旭さんに聞くといいよ。『芝山《しばやま》家の猫語り』って昔話」

「お兄ちゃんに？」

「あの人は、そういう話に詳しいから」

「ええ、まあ、知ってますけど」

「それで猫の王たちについても聞いたと思うけど、いつの時代からか、猫たちは人に神通力《じんつうりき》の一部を渡して、自分たちの代わりに調べごとをさせるようになった。それが猫の手——猫の手も借りたい、という言葉は、元々ここからきているんだ」

「本当ですか⁉」

「……と、言っている猫もいる、という話なだけでね」

「なーんだ」

驚きがあっただけに落胆も深かった。

「それ、橘さんの持ちネタだから」

祈は溜息混じりに言う。

「まあね。君も驚いてたよね」

「……『猫の手』になる人間は三人と決まってるのに、二人だけのために使うしかないネタとか、馬鹿みたい」

「ああ、『猫の手』は一つの町に三人まで。これは地方によって違うところもあるらしいけどね。理由は解らない。単純に三種の神器になぞらえただけって気がする。なんで三種の神器なのかというのはそれこそ解らないけど、多分、それを決めた時に何かそれが話題になってたとか、その程度のことだと思う。何にせよ、そんなに深い理由はない。何せ、猫だから」

「…………」

そう言われたら、納得するしかない。

「そして肝心要《かんじんかなめ》の、君が遭遇したという通り魔についてだけど……」

「あれは、沙由実が呼び出したんだ」

そう言って、奥から長い白髪の美少女をお姫様だっこした、金髪の女性が現れた。

◆◆◆

「いーちゃん……？」

口をついて出た言葉を、しかし出した当人の沙由実自身が信じられない——信じたくなかった。

美形だハンサムだ、という言葉を今日だけで何度思い浮かべたことだろうか。いい加減に飽々《あきあき》してくる。だが、その人たちを他にどういう風に言えばよいのか、中学生になったばかりで、そんなに本を読まない沙由実にはその人たちを形容する言葉はそれほど多くはない。細かいディティールを言い出せば、幾らでも言えることは言えるが。

金髪の、恐らくは「いーちゃん」であるところのその人は、どういうわけかウェイターの衣装を着ている。しかし、その胸の膨らみは女性のそれだ。控えめだが、それは逆に彼女の持つ中性的とも言える容姿と衣装にはふさわしかった。

女とはっきりとわかる顔立ちではあったが、身体の持つ線は細くてもしっかりしている。腕も細いのに、力強く少女を抱き上げている。

「やはり解るんだ」

出された声は、昨晩から聞いていた伊緒奈のそれだ。

これではもう認めざるを得ない。

「いーちゃん……こんな、その……それが本当の姿だったの？」

「何言ってるの。そんなわけないよ」

伊緒奈は苦笑したようだった。

「私らは猫なんだから、普段の猫の姿の方が本物。当たり前だろう？」

「…………私たちの人の姿については、よく解りません」

白髪の美少女が、伊緒奈の腕の中で申し訳なさそうに言う。

「あなたは？」

話の流れで解るが、一応聞いてみる。

「…………申し遅れました。私、橘在昌の相棒であるシモンです」

飼い主はまた違いますが――そう言い添える。

「そして、私がクロだ」

どうしてか、苦々しそうな顔で二人の後ろから現れたのが先程屋敷で会った青年だった。衣装が伊緒奈と同じ、ウェイターのそれになっている。

「…………この通り、衣装は変えられます」

「衣装こみで化けられるの？」

「…………そうです。しかし、容姿は基本的に代わりません。年齢もある程度は変えられますが」

それにどういう法則があるのかは不明だが、とにかくそういうものなのだ――ということだった。

「千年から生きている猫たちがいるというのに、そういう基本的なことは知らないのよね」

そう言い添えたのは祈だった。

彼女は先輩の『猫の手』であり、すでに同様の説明を受けているのだろう。

伊緒奈はカウンター席にシモンを座らせると、自分もその背を支えるように手を添えたまま隣の席に座った。

クロは座らず、腕を組んでカウンターにもたれかかった。

祈はみながそう落ち着くのを見計らって。

「あなたたちの変化の法則はともかくとして、あの、そこの新人の子が呼び出したという黒い影のこと——それについては、解っているんでしょう?」

「あ、それは私も詳しく教えて、いーちゃん」

——あの通り魔のことを。

「詳しくもなにも、あれは沙由実によって『鏡』が魔に体を与えた……みたいね」

伊緒奈の説明は簡潔で、簡潔すぎて意味が解らなかった。

クロが溜息を吐く。

「そんな説明では、何も解らん。そもそも私も、あんなことが起きるなどということは聞いたことがないな。あの『鏡』は、隠された真実を照らすだけの権能しか与えられていないはずだが……」

隠された真実と言われると、なるほどと思うところがあった。

あの『鏡』に映しだされた光景は、確かに真実だった。そして事実とは違っていた。映しだされた場所に残っていた後悔の記憶と――それをもたらした何かだった。

沙由実がその何かについて聞こうとしたその時、伊緒奈が言った。

「隠された真実、か。そういえばそういうものだったっけ。すっかりと忘れてた」

「忘れていたのか!?」

クロが吼える。

さすがにそれは看過できなかったらしい。

「そう言われても。私も『猫の手』に直接関わるなんてのは随分と久しぶりで、あと以前はこんな道具は貸し与えられてなどいなかったし」

「………私は、三種の神器を模すようにしようと長老に進言したのは、伊緒奈だと聞いていましたが……」

シモンにそう言われ「そうだったっけ」と首をひねる。

本気で忘れていたらしい。

『猫の手』たちも、橘は苦笑して、祈は顔をしかめた。

「相変わらずだ……しかし、『鏡』の機能を忘れていたのに、よくもさっき『鏡』が使われたなどといえたものだな」

それも、そうだ。

随分と無責任な言動だということは、沙由実にも解ることだった。

伊緒奈は「うーん」としばし考えてから
「まあ、たまたまが重なったということだろうな」

「たまたま!?」

「たまたま、な」

◆　◆　◆

「妖怪というのが、通常あり得ない現象のかつての呼び名である、ということは聞いているね」

伊緒奈たちでは埒《らち》が明かないと思ったのか、カウンターの向こうから橘が語る。

「そのほとんどは科学の発達によって、解明されているんだよ。古代から近世までの人間にとっては、今ならば小学生でも知っているようなことも知らなかったために、とにかく不思議が多かった。何もかもが不思議だった。その中でも怖いものを妖怪としていった。これは、何かしらの正体を見出すことが、その不思議を不思議でなくして、恐怖を弱めることに繋がるのだから」

「ええ」

「妖怪が正体を見出されることによってその力を失うという話があるけども、それはこういうことからだよ」

「はい」

「しかし、それ以外の本当の不思議――科学でもどうにも説明できない本物の不思議がある。その本物の妖怪が、僕たちの知る猫たちのような化性して知恵を得た動物たちだよ。他に狐、狗、狸などが霊力が強く、話したり化けたりすることができると言われている。実際に、狸はよく人を化かしたとも言い、すべての妖怪が狸が化かしたせいだとすら考えられてたこともある……まあ、そのことについては言わずがもなだね。実際に話す猫なんてものを目の前にしたのならば、説明は特にいらないだろう。

もしかしたら、他にも話す動物はいるかもしれないけども、今の日本でそれらに遭遇することはまずあり得ないから気にしなくてもいい」

「はい」

「だけど、本物の妖怪はまだ他にもあるんだ。猫たちのような化性とも違う、彼らにも仕組みのよく解らない……ある程度の仮説があるみたいだけど、それこそ不思議な現象がね」

　その一つが、「魔」なのだという。

「魔が差す、の魔とクロたちは言ってたけど？」

「まさに。人を時折に惑わすモノ――魔とはまさにそういう意味だからね。魔が差すと、本来ならその人がしそうにない行動をとる。思考の一部が奪われるというか……人間の不合理な行動は多くがただの情動、衝動の結果にすぎないけども、君が遭遇した魔は、それとは別の、本当にたまにある、人を惑わすモノだよ」

　それが、三丁目の屋敷に隠された本当のことなんだろう――と、橘は言った。

「あの屋敷の母子は、口論の最中に母が発作で倒れてしまって、息子が救急車を呼んで一命を取り留めた」

　橘の話が終わるのを見計らってから、伊緒奈はそう語る。

「あ、うん……」

沙由実は頷く。

彼女が見たあの光景と、あの強烈な後悔からは、あの老婆に命が残っているとはとても思えなかった。

だが、生き延びて、その後で亡くなったということは『鏡』のおかげで思い出してもいる。

「入院してからしばらくして、亡くなったんだ」

そこからの息子は、献身的な介護をしつづけたらしい。

その様子は、たまたま同じ病院に家族がいた者の目撃談として、主婦の噂話になっていた。

それも沙由実が母に聞いていながらも忘れていたことだった。

伊緒奈はさらにその詳細を教えてくれた。

猫は噂話をよく知っている。猫たちは気ままに家の中、町の中をうろついている。

それ故に様々な情報を仕入れることが可能なのだった。

「だけど本当は、死んだら財産が手に入るかもしれないと思って、それで見殺しにしてしまった。そうなればいいと思ってしまった。……そんな後悔があったんだな」

そう――なのだろう。

だけど。

だけど。

（あんな強い後悔を抱くくらいなんだもの）

沙由実は思う。

魔が差したのを後悔していたにしても、あの男の人は、本当は母を好きだったのだろう。そう、改めて思う。

「それで、その妖怪……魔があそこにいたとして――それを呼び出したのがその子だっていうのは、どういうこと？　『鏡』が真実を映し出すのと、それは関係があるの？」

どういう仕組みであんなことが起きたのか――

それについては、伊緒奈はあっさりと。

「どういう仕組みもなにも。隠されていた真実を映し出すのが『鏡』の仕組みならば、あそこにあったのは未だ明らかになっていない真実で、それが顕れただけで――あの通り魔もついでに呼び出してしまったということなんだろうな」

「『鏡』が魔を呼び出してしまったというの？」

疑問を口にしたのは祈だった。

「隠された真実だとかなんとか、そういうのは忘れてたけど、要はあの『鏡』は、術者にとって見たい情報を映し出すものなんだ」

だが、沙由実は歴代のその『鏡』の担い手たちとも、また少し違うのだろうと、伊緒奈は言う。

「あまり言いたくはないけど、優秀すぎる——と思う」

「ああ、なるほど」

そこで、橘が得心いったという風に口を挟んだ。

「つまり、その子が『鏡』に求める情報は精度が高すぎるってことなんだね」

かつてそこにいた『魔』を再現してしまうほどに。

「まあ、そういうことね。『魔』というのは私たちにもぼんやりとしか見えないから推論するしかないけど、世界を漂う何かの情報なんじゃないかな。物理的な身体がなくて、明確な意志もないけど」

そして、そんな情報だから、完全再現したのならばそこに顕れる——

デジタルデータをコピーしたら、それは元のデータと同じものだ、というような理屈だろうか。

「だいたいそんな感じであってるんじゃないかな」

橘はそう言って沙由実の推論に首肯した。

「さすがは旭さんの妹さんだけある。頭の回転が速い」

「……その言い方は勘弁してください」

旭のことを沙由実は嫌いではないのだが、そういう風に言われると、自分自身を評価されたのではなくて兄のおまけみたいに扱われている感じがして、あまり愉快ではない。

言葉でようやくそれを察したのか、橘は「ごめんね」と頭を下げた。

（あー、なんかこの人、やっぱりお兄ちゃんの友達だ……）

きっと、いい人だ。

いい人で、多分、頭もよくて、色んなことを知ってるけど、何処かズレてて、そして配慮というのが少し足りない。

男の子なんてそういうものだ、とも思うけど、大人の男でそれというのはやっぱり問題がある。友人とかあんまりいなくて、だからこそお互い配慮が欠けたやりとりでも気にならない者同士でつるむようになっていたのではないか。

沙由実が中学生らしからぬ辛辣《しんらつ》なことを考えている間、橘は「しかし困ったなあ」とぼやくように呟いていた。

「その優秀さは、問題になるかもしれない」

「——どういうこと？」

沙由実の代わりに、祈が問う。

「ああ、ごめん。なんて言ったらいいのかな。『魔』を再現してしまうことができるのならば、それとは別の……残留思念とかなんというか、本来、人の思念や意志というものは肉体の中でしか維持できないのだけど、何かの条件が重なると、肉体の外にも残り続けることがある……幽霊、と言った方が話が早いのかな」

「幽霊」

確かに、そう言われた方が分かりやすい。

けど、どうしてか彼はその言葉を使いたくない様子だった。

「その屋敷に妖怪が起きるというのは猫たちの報告だったたね。猫は何かも解らないものに目を向けていることがよくあるけど、何かそういう思念の痕跡のようなものが通り過ぎていくのを感じ取っているのかもしれない……推論に推論を重ねるけど、その屋敷のある辺りは何かそういうものが通りやすい場所だったのかもしれない」

「早い話が、心霊スポットってことでしょ」

「身も蓋《ふた》もないいね」

今までにもそういう調査がなかったわけではないけども……橘は「うーん」と腕を組んだ。

「それで『魔』も再現できるということは、そういう幽霊をも実体化させる可能性があるのかもしれない」

今までそれが問題にならなかったというのが、そもそも確率的にも低い事象だということを示している——というより、君ほどは優秀ではなかったんだろう、と言う。

「つまり、この子はそういう場所で『鏡』を使うごとに、自分を危うくする可能性がある、ということね」

「そういうことだね」

それ、は——

沙由実が何かを言う前に、橘は彼女に向き直る。

「猫長老にあとでまた詳しい話は聞くとして、上月さんは『猫の手』は続けたい？」

「え」

そもそもからして、やりたいだとかそういうことも決めてなかったのだが。

どうしようか、と改めて思うと背筋が震えてくる。

過去だか真実だかを見抜く力というのはとてもおもしろい、魅力的なものである。

彼女は中学生だ。不思議なことにだって興味はあるし、非日常に対する憧れだってある。自分が託された役目というのが特殊なものであるというのは何がしかの沙由実のなかの優越感のようなものを刺激する。それでも。

それでも。

あの、『魔』を『鏡』の中に見たときは、怖かった。

とても怖かった。

だから、助けられたときは、とてもうれしかったのだ。

「やめときなさい」

助けてくれた、祈が言った。

「さっきも言ったわ。どんくさい子が、『猫の手』なんて役目、果たせるわけないのよ」

「――――」

そうかもしれない。

そうかもしれないけど。

沙由実はつい半年ほど前まで小学生だった。

まだ思慮も浅いし、感情的だ。

だから。

「そんなこと言われるほど、どんくさくないよ！」

つい、反発してしまった。

「あなた、あの時に震えてたじゃないの⁉」

思わぬ反応に動揺してしまったのか、今まで冷然としていた祈の声に怒気が混じる。

「それは初めてだったから！」

正直なことをいうと、あんなのには何度も遭遇したいわけではないのだが、ほとんど反射と意地でそう叫び返していた。

「初めてだろうと二度目だろうと同じことよ！　あの時に私がいなければ、あなたあそこでどんな目にあっていたかわからないのよ⁉」

「そんなの――」

「はい、解りました」

ぱん、と橘は手を叩く。

二人の中学生の動きが止まった。

「上月さんもやる気があるようですし、沢井さんも上月さんが心配なようですし」

「そんなこと——」

「やる気って、そんな」

「お二人は、しばらく一緒に行動して貰うことにしましょう」

笑顔で言われ、二人はしばし硬直したが。

やがて。

「「えー!?」」

同時に叫んだ。

◆ ◆ ◆

当然のことながら、二人は橘の意見には反発した。

当たり前である。

祈は沙由実をどんくさいと最初から馬鹿にしているし、沙由実はというと助けられたことには感謝しているが、どんくさいどんくさいと言われて好意を抱けというのが無理な話だ。沙由実の自己評価はそんなに高いものではないが、それでもどんくさいなどと言われるようなものではない――程度にはあったのだ。

「なら、試せばいいじゃない」

と二人に割って入ったのは、伊緒奈だった。

「試すって、何を？」

「あなたがどんくさくないってこと。――そうね、シモンの相手を、二人でしてみなさいな」

シモン――伊緒奈の隣りで座っていた白髪の美少女の姿をした猫は、その言葉に驚くでもなく「いいのかな？」と首を傾げた。

「相手って、どういうことをするの？」

さすがにわけがわからずに尋ねた祈であるが、答えはもっとわけが解らなかった。

「相手っていえば、喧嘩。流れで察しなさいな、『剣』使い」

「お前の説明は、いつも解りにくいのだ……」

クロがこぼす。声からは諦観《ていかん》が滲み出ていた。

「喧嘩って、身体が弱いんでしょ？」

沙由実がいうと、伊緒奈は「そう」とあっさりと頷く。

「だけど、私たちの中で一番喧嘩が強いのはシモンだよ」

「………最後に勝つのは、いつも伊緒奈だけどね」

「強い弱いで言えば、間違いなくシモンなのだがな。何せこの町で長老に次ぐ長命だ。そして猫又でもある」

「ああ……」

そういえば、先日言っていた。

伊緒奈はこの町で三番目の長命だと。

そして尾分かれをしている猫又になるには、百年を閲していないといけないのだとも。

「だが、勝つのは必ず伊緒奈だ」

「………」

「………」

どういうことなのだ。

黙り込む二人の少女たちであるが、猫たちはこれ以上は三匹の力関係を語るつもりはないらしい。

シモンは椅子に座ったままでカウンター向こうの橋に両手を伸ばした。

「はい」

彼はあっさりと、布の下にあるものを手渡した。

それは——勾玉だった。

瑠璃《るり》色に輝いている。

受け取ったシモンは、来た時と違って自分の足で床に立ち、すたすたと歩いて奥への扉を開けた。そして、一度振り返り、祈と沙由実を見た。

「………来て」

有無を言わさない力が、その言葉にはあった。

文句もいわずにシモンについていく。

……それからしばらくして、カウンターの橋がその場に崩れ落ちた。

居残っていたクロと伊緒奈は、無言のままに橋の両肩を支えて店からプライベートルームへと連れ出した。

「………ここが、ソーサリーの薬草園」

シモンに案内されたところは、店の裏にあるガラス張りの温室だった。外から見ると十畳ほどの大きさだったのに、入ってみると明らかにそのサイズに見合わない広さがあった。植物が生い繁り、果てが見えない。おかしい。異常だ。

「妖術か何か？」

祈はそう言いながら、警戒するように周囲を見渡す。その手には先ほども無人の屋敷で見た光の剣がある。

「………そうです」

あっさりと、シモンは認めた。

「…………この温室の中は、高名な魔術師の手になる異界の領域。それゆえに、私たちが少々暴れたとて問題はありません」

「いきなり、アニメみたいな……」

沙由実の言葉は、聞こえても無視された。

白髪の美少女は温室の中で『珠』を両手で持ち、胸の前に掲げた。

「『鏡』は猫の目、見えぬを睨み、『剣』は猫の牙、触れずと甘噛み」

節をつけた、それは歌のようだ。

「『珠』は猫の命――」

「人の魂一つ足り、二つ重ねて多すぎて、三つ合わせて溢《あふ》れだし、四つ飲めば死に急ぐ、五つあればいつまでも、六つ向うのお彼岸に、七つ涙で送り出せ、八つ大和のまほらばに、九つ猫の命足る」

数え歌……というのだろうか。

シモンの声に応えるように、手に持つ勾玉は輝きを増した。

やがてその光に溢れた『珠』は手の中から浮き出し、シモンの額に張り付いた。

――とみるや、シモンの姿が変わった。

少女であった体からウェイトレスの衣装がなくなり、見る間のうちにその肢体が大きく伸びて、やがては大人のそれとなった。目の輝きは金色に、いつの間にか腰の後ろから白い二つの尾が伸びているのが見える。

猫又。

これが彼女の、シモンという化け猫の本来の姿だ。

沙由実はそう思った。

(ついさっきまで、欠けていたんだ……)

あの『珠』がシモンから切り離されたのか、それとも『珠』に彼女から何かを切り取って封じ込めてあったのか、そこまでは解らないが、とにかく彼女が完全ではなかったのだということは直観できた。

そして、今は完全になっている。

恐ろしくも神々しい、化け猫の姿に。

さっき遭遇した『魔』など、このシモンの前ではどうというほどのものでもない。

これはあんなものとも違う、もっとも凄まじいモノだ。

(こんなのに、いーちゃんは勝てるというの?)

もしかしたら、伊緒奈にもまた別の姿があるのかもしれないが。

とても信じられない。

「……私がこの姿になれば、あなた方では勝てません」

シモンの声は、それでもとても優しかった。

「……ですが、『鏡』の担い手、あなたの目があれば、私の姿を捉えることはできるでしょう」

ゆうらりと、その姿が湯気のように揺らいだかと思うと、そのシモンの姿が掻き消えた。

「……『剣』の担い手は、『鏡』の担い手の言う通りに私に切り付けてください」

「……もしもそれができなければ、『猫の手』にも足りずと報告して、あなた方をこの任から放逐します」

「────そんな、一方的な」

祈の声に、しかしシモンは答えない。

……静寂に、温室の中が包まれた。

シモンがいなくなった後に残されたのは、熱帯雨林にも似た植物相と二人の中学生だけだった。

「こんなの、納得いかない……！」

『剣』を持ち、祈が叫ぶ。

確かに、これはあまりにも理不尽だった。沙由実の力を測るためであるというのに、祈までも連座するような試し方と条件をつけるだなんて。

「これじゃあまるで、私たちに『猫の手』を辞めさせようとしているみたいじゃない」

（違う）

理不尽であるというのは確かだ。条件がひどいというのも本当だ。だが、沙由実はあのシモンの言葉が真実ではない、と感じた。事実ではあるが、嘘でもないが、そんな自分たちをやめさせたいという意志があるようには感じなかった。

（落ち着け。これもあの時の、お社に向かう時と同じようなもの。難しくはあっても、できないようなものじゃないはず……）

特になんの根拠もない。

沙由実はそう思った。

いや、これが試験だというのなら、必ず答えがあるはずだという、子供ならではの直な考えをしたというだけなのかもしれない。

「私たちに、あんなモノを倒せるはずが」

（違う）

見つけ出せ、とシモンは言ったのだ。切り付けろとも言ったが、自分を倒せとは言ってない。倒せなくてもいいのだ。

つまり、沙由実が見つけ出せば、祈がそれを信じれば、それで終わりだ。

それだけのことのはずだ。

（そして、私がすぐ解るところに、シモンはいるはず）

沙由実は決意して、『鏡』を取り出した。

「……解るの？」

「ためしてみる」

『鏡』を見ながら、ゆっくりと一回転。いない。そんなはずはない、と沙由実は思う。

「この植物のどこかの中に隠れているのかしら？」

祈は言うが、それはないだろうと沙由実は思う。そんなことをされたら、見つけ出せない。『鏡』は繁みの向こう側まで見通すような、そんな力はないということがなんとなく解っていた。シモンは自分たちの視界の中にいるはずだ。

（それとも、そんなことは私の思い込みでしかないというの？）

『鏡』を見つめながら、もう一回転。

やはり、いない。

鏡の中にいるのは、自分と、自分を不審げに見ている祈だけだ。

いやな顔だ、と沙由実は思った。

（こんな顔されると、焦っちゃうじゃない……）

あの時、最初に彼女の姿を『鏡』の中に見た時は、あんなに優しそうに笑っていたというのに——

「あ」

と沙由実は声を出した。

「どうしたの？」

心配そうに尋ねる祈。

その腕を、沙由実は摑んだ。

「沢井さん、こ、こ、こだよ」

「……！」

「――やるじゃない」

その声は、『剣』を振り下ろした祈が出したものだ。

彼女の『剣』は、真正面から沙由実が腕を摑んでいたシモンの額を打っていた。

「この『鏡』は担い手が望む情報を取り出してくれるけど、こちらの思い込みが過ぎると、正しく機能してくれないんだ……」

「……より正しくは、複雑な指令を受け付けてくれない、ということです」

シモンは祈の姿から、元の、美女の猫又になる前の、美少女のウェイトレスの姿に戻っていた。

「『姿を隠しているシモン』を探しているから見えなかったけど、『姿を変えているシモン』を探したら見つかったんだよね」

「…………そういうことです。融通が利きませんが、それだけに扱う側の柔軟性次第でどこまでも、色んなものを調べ出すことができます。しかしそれにしても——」

よくも、自分が祈でないと気づきましたね。

シモンのその言葉は、本当に感心しているようだ。

沙由実はそれに答えようか迷っていたが、やがて不思議そうに自分を見ている祈の顔を見て、決めた。

「——内緒です」

あんな笑顔を隠している人だなんて、そんなことを知ってるのは、自分だけでいい。

沙由実はそう思っていたのだった。

猫とわたしと教頭先生の飼い猫

Cait Sith/Cat Walk "My Cat and Me and The strange house"

157

上月沙由実が通う学校の名前は常盤《ときわ》中学と言い、家から徒歩で十五分ほど歩いたところにある。

この町に住む中学生はほとんどがここに通う。小学生の頃の友人たちは大半が沙由実と同じくここに通っている。町にはもう一つ別の小学校があって、そちらの人間は中学まで顔も知らなかったが、入学して半年もたった今では一通り見知っている。

けれども二年生のいる階に行くと、あまり知らない顔ばかりになって、違う学校に来てしまったような錯覚に陥ることがある。

土日にいきなり非日常世界に紛れ込んだ彼女であるが、月曜日に当たり前の学校生活を過ごしていると、それもまるで夢だったような気がしてくる。もっとも、朝出かけるときに伊緒奈の挨拶を聞いているのだけど。

そんなわけで、三階へと進む階段で沢井祈とすれ違った時は、ひどく驚いた。

「なんで」

「…………」

祈が、この学校の制服を着ているのか。

この学校の生徒ならば、特に問題はない。

なんの変哲もないブレザーである。生徒から特に不評もない。フォーマルといえばフォーマル。当たり前の、面白味のない学生服だ。

しかし。

昨日出会ったときの祈は、古めかしくもかっこよいセーラー服を着ていたはずだ。

祈はしばらく表情を硬直させていたが、やがてぱくぱくと口を開け閉めしだした。

顔も心なしか赤くなっている。

沙由実は眉根を寄せた。

どうにも、この祈の態度はよく解らない。

怪訝《けげん》な目で見つめている沙由実の前で、祈は二度三度と深呼吸する。

「……………あなたも、この中学だったのね」

と、落ち着いた様子で問い返す。

「はい。でも、この町の人なら、ほとんどここに通うと思うんですけど――」

「そうね！　確かにそうね！」

「――――」

うわずった声で言われて、思わず沙由実ものけぞる。

そこからしばし二人は黙り込んでしまった。

そしてチャイムが鳴る。

「あなた、次の授業は音楽？」

「あ、はい。沢井さんは——」

「体育よ」

そう言って階段を降りていく。

沙由実も歩き出したが。

「昼休みに、武道場の横でね」

すれ違いざまに、そう言われた。

◆　◆　◆

「それで、どういうご用ですか？」

給食を食べ終えた後で、律儀に呼び出された武道場に沙由実は足を運ぶ。校庭の隅にあるこの場所は、昼休みにはほとんど人がいない。誰にも聞かれたくない話をしたいのだろうなあ、という程度のことは彼女にも察しがついた。

祈は先に待っていたようだが、息が荒い。

食べ終えた後で急いでやってきたらしい。

「……学校で顔を合わせたからって、その、あんまり話しかけないで……」

「え」

何を言っているのか、よく意味が把握できなかった。

（なんでわたし、呼び出された上でこんなこと言われちゃうの？）

怒り、というよりも困惑が先に立った。先日、『鏡』の中に浮かんだ優しい眼差しの祈の顔が脳裏に浮かび上がる。今の彼女と上手く重ならなかった。

「話しかけないでって……無視しろってことですか？」

慎重に言葉を選んだつもりなのだが、なんだか怒っているようにしか聞こえない。

「そうだけど――その、勘違いしないでほしいんだけど」

「えーと、同じ『猫の手』として認めていないとか、そういう……？」

「あ、そういうわけではなくて……」

なんだろう。

昨日出会ったときと違い、あの凛とした強い気配、清楚な雰囲気がない。

顔立ちこそはそのままだが、どこにでもいるような女子中学生にしか見えない。

それが何か悪いということではないのだが——

何かしっくりとこない。

「あなたたち、何してるの？」

「あ」

「え」

二人が振り返ったところにいたのは、白髪の目立つ上品な老婦人だった。背筋が伸び、凛とした姿勢のまま、二人を見ている。

婦人は「こんなところで口喧嘩なんてしたらだめでしょう」と言いながら、肩をいからせて歩みよってくる。

二人はこの老婦人のことを知っていた。

「教頭先生、あの、その……」

「あなたは……最近転校してきた子ね？　確か沢井さん？　それとあなたは——上月さんの妹さんね」

「あ、はい」

年の離れた兄である旭は、どういうわけか学校の人間に随分と印象を強く持たれているらしい。旭の在籍していた時代の記憶がある教師たちには、沙由実は「旭の妹」という記憶のされかたをしていることが多い。

この教頭先生もそうらしかった。

教頭先生がどういう人なのかについては、沙由実は入学してから三ヶ月程度なのでよく知らない。

とはいえ、ある程度の噂話のようなものは聞いている。

元々は社会の先生だったが、武道に優れた先生だ。この中学の武道部が軒並み全国レベルで知られているのは、この人の指導があるからだという。それぞれの部活に人脈を使って優れた指導者を紹介しているのだとか。

その成果もあって、校長先生も教頭先生にはなかなか物申せないのだとか。

武道場の隅に教員用のくつろげる空間を作ったのも、教頭先生の意向があったらしい――ということで、この場に唐突に現れたのも、そこから自分らのやりとりを目撃したのだろう、と沙由実は当たりをつけた。

教頭先生は厳しい眼差しを二人に向けている。

「沢井さんと何があったの？」

「何と言われても……」

『猫の手』のことなど、どう説明すればいいのか。

言いあぐねている二人を見ていた教頭先生は、両手を腰にあてたポーズから深呼吸して瞑目《めいもく》する。何やら思案している様子だ。やがて目を開けて、背後にある武道場を一瞥して、また二人に向き直った。

「まだ昼休み、時間あるわね」

(あと二十分くらい、かな?)

自分らに尋ねたわけではない、ということはなんとなく解っていたので、それは口にしない。

教頭先生は静かに頷いてから、二人の手を取った。

「いいわ。ちょっと二人とも、お茶くらい出してあげるから付き合いなさい」

「あ」

「え」

二人の手を取って、武道場へと連れ込んだ。

「おや」

「何をやっているんだ、あの二人は……」

その様子を、二匹の猫が校庭の木の枝から眺めていた。

◆　◆　◆

「それで、二人とも喧嘩していたわけではないというのね」

「はい……」

「そうです」

武道場にある職員の準備室に連れ込まれ、問いただされた。

教頭先生の意向で作られたというそこは四畳ほどの小さな部屋で、四角い机と本が詰められた四段ほどのラックが二つ壁際に置かれている。机のうえには湯沸《わ》かし機能つきポットと、二つの湯呑み、そしてお茶菓子が置かれていた。

「……私の心配のしすぎだったかしら」

教頭先生は話を聞き終えてからそう呟く。

（教頭先生、何をそんなに心配しているんだろう）

沙由実は不審に思ったが、それについて聞けるような雰囲気ではなかった。

ちらりと隣を見ていると、恐縮してがちがちになっている祈の姿がある。

あの屋敷での活躍が嘘だったかのようだ。

二人はどういう経緯であそこに集まり、どういう話をしていたのかを問いつめられたのだが、どう話してよいものか解らず、しかし何かの言い訳がないと放してくれそうにないのは明らかだったので、適当な作り話をでっちあげることにした。

なんとか話を合わせてほしいと思いながら、祈に顔を向けたが、彼女はどうしてか教頭先生が現れてから目に見えて様子がおかしくなった。ほとんどろくに口を開かない。言葉がうまく紡げそうにもない。

（なんなのかな）

もやもやする。

昨日までのことがまるで夢だったかのようだった。凛とした美少女がよく見たらそれほどでもない冴《さ》えない先輩でしかなかった……だとか、なんだか裏切られたような気さえしてしまう。

ちなみに沙由実が話したのは、祈とは昨日、兄の知り合いが営んでいる喫茶店で初めて顔を合わせた。その時にちょっとした勘違いがあったらしく、その誤解したことを学校の人間に話していたのを今日たまたま目撃した。その誤解の内容というのが兄の悪口を言っているように感じられたので、今訂正を求めてしまった……というようなストーリーだった。

実はこのストーリーにはモデルがある。沙由実はそんなに都合よく、すらすらと話をでっちあげられるような子ではない。

兄である旭は誤解されやすい人で、当人のいないところで適当な噂を信じてしまった人に悪く言われることがままある。だから、旭のことを知る教頭先生にとっては、それはなかなかに説得力がある作り話だった。

祈は沙由実のその話を呆然《ぼうぜん》と聞いていたが、さすがにどういう事情で作られた話なのか察する程度の判断力はあったらしい。沙由実の話に乗ってきた。

「はい」「ええ」「そうです」

と繰り返すだけであったけれど。

その話を聞いても教頭先生はまだ何か言いたげではあったが、一通り聞き終わるとそれなりに納得したらしい。

「まあ、そんなに深刻な話ではないのなら……ごめんなさい、話を余計にややこしくしちゃったわね。お詫《わ》びという訳でもないけど、お茶とお菓子、食べていきなさい」

そう言われて、恐縮しながらもお菓子に手を伸ばす。

それでも何を言うこともなく、黙々とお菓子を食べる二人であったが、窓をこつこつと叩く音がして、ついそちらに顔を向けてしまい、硬直した。

（いーちゃん……？）

彼女の家族で、三毛猫で、そして年を経て話せるようになった猫が、そこにいたのだ。

教頭先生も物音を聞いて不審そうに振り返ったが、「あら」と声を上げて立ち上がり、窓へと歩み寄る。

「この子、どこから入り込んだのかしら」

そう言って、窓をあける。

するりと伊緒奈は入り込み、淀《よど》みない動作で沙由実と祈の間に入り込むと、それが自分の定位置であるかのように丸まった。

「…………いー」

ちゃん、と続けるべきか逡巡した時、机越しに体ごとこちらをのぞき込んでいる教頭先生に気づく。

「この子、前にも見たことがあるわ……そう、確か伊織奈ちゃん——上月くんの猫ね」

「えっ……知ってるんですか？」

「あら？　言ってなかったかしら。私、あなたのお兄さんの担任だったのよ。今でもたまに会うことがあるわ。あなたの家に家庭訪問に伺ったこともあるし、その時に……そうそう、この首輪、あなたのお兄さんが買ったものだとお母さんから聞いたんだったわ」

「そうだったんだ……」

初めて知った情報だった。

伊緒奈は「にゃあ」とないて。物憂げな様子でぺろりと祈の手の甲を舐めた。

「…………この子、」

祈は何かを問おうとしたが、できなかった。その隙をつくようにして、伊緒奈は祈の膝の上に飛び乗り、また丸まった。

「思い出したわ。この子、お客さんがいると、めったに来ない人にこそ懐いていく癖があるって、上月さん言ってたのよ」

「ああ、そういえば……」

なんとなく心当たりがある。

なんでなのかはよくわからないが、こうして人と同じような知能と意志があると知った今から考えると、なにか伊緒奈にとっては意味がある行動なのだろうか。

（というか、あざとい……）

自分の可愛さとか、そういう感じのことを知り尽くしている……。

「それにしても。この子、どうしてここにいるのかしらね」

教頭先生は「あなたを追ってきて迷子になったのかしらね」などとしきりに感心しているようであったが。

「伊緒奈ちゃん、私のこと覚えている？」

（うわあ）

教頭先生は武道に優れているということもあってか、生徒の間では厳しい人だと言われている。そういう先生が、文字通りの猫なで声で伊緒奈を呼び、手をのばして頭を撫でようとしていた。沙由実ならずともギャップを感じてしまうのは無理の無いことだった。

伊緒奈はされるままに撫でられていた。心地良さげに目を閉じてていたが、やがてぺろりと教頭先生の指を舐める。

「あらあら、本当、かわいいわねえ……けどこの子、何歳になるのかしらね。上月さんのお宅に家庭訪問したのはもうだいぶん前で……」

（あ）

旭が在学していた頃というと、もう十年くらい前であるはずだ。どうしよう、伊緒奈がものすごく長生きしている化け猫だということを言うわけにもいかないし。

「猫って、飼っていると二十年くらい長生きすること、あるそうです」

伊緒奈の背中を撫でながら、祈が言った。

嬉《うれ》しそうに、撫でている。

（ふうん……）

つっけんどんな顔しか見てなかったが、どうやら素でもこんな穏やかな顔もできるらしい。

（というか、頑《かたく》なに地を見せようとしない感じ……？）

あの『鏡』の中の笑顔を想い出す。

誰だって自分の素顔を晒《さら》すのには少しくらい躊躇いを持つ、ということは沙由実にだって解る。だけど、あんな顔ができるのならば、もう少し見せてくれたっていいのにとも思う。

「そうね。そういう話は聞いたことがあるわね……」

沙由実の内心などとは無関係に、教頭先生は何かに思い至ったのか、そう言ってから元の位置に正座した。

そして。

「上月さん」

と言った。

「はい」

「伊緒奈ちゃんがこんなに懐いてるのよ。誤解もあったかもしれないけど、あなたも沢井さんと仲良くなれるんじゃないかしら」

「え」

「……変な言い方してしまったかしらね。まあ、同じ猫好きの仲間として、とかでいいから」

教頭先生はそう言ってから立ち上がると、そっと沙由実の耳元に顔を寄せ。

お友達になってあげて。

と囁いた。

「はい」

としか沙由実には答えられなかった。

◆
◆
◆

「――――新しい仕事だぞ」

あれから昼休み中に寝てしまい、「預かってあげるわ」と言われて放課後になって教頭先生手ずから伊緒奈を返してもらった沙由実であるが、学校を出てからすぐに腕の中から話しかけてきた。

「……もしかして、それを言うために学校まで来てたの？」

「それもあるけど、今日は旭が家にいてねえ……」

「あー」

旭は家にいると、とにかく伊緒奈にかまう。なんだかよくわかんないくらいにかまう。

伊緒奈は毎度のように弄ばれている。

「さすがに最近年でね……旭もほどほどで気を使ってくれてはいるんだけど……」

「お兄ちゃん、本当に猫かわいがりだものねえ」

友達に言わせれば沙由実もその辺りはあまり変わらないということだが、兄ほどには弄ってないつもりだ。

「しかし、偶然もいいところだが、あの人と一緒だというのは手間が省けた」

「どういうこと？」

「今日の仕事は、あの人——内田《うちだ》牧子《まきこ》の飼っていた猫についてだ」

「内田？　ああ、教頭先生も猫飼っていたんだ……」

あんな猫かわいがりぶりを見せていたのだから、それについては信じられる。

「詳しい話は、ソーサリーでアリマサに聞けばいい」

「橘さんね」

「あと、少したったらイノリが行く」

「少し？」

ふと、気になった。「あの人、部活か何かしているの？」

二年も一年も六時間までだったと思うのだが。

「いや、一度駅に立ち寄って着替えてから来るそうだ」

「着替え……ああ」

沙由実はその時、学校帰りに制服を着たままで飲食店などに立ち寄ってはいけない――という校則があったことを思い出した。ほとんど有名無実化しているようなもので、誰も守っていない。なのですっかり忘れていた。

（沢井さん、真面目なんだなあ）

なんだか感心してしまった。

「……わたしも、一度帰ってから着替えた方がいい？」

先輩にだけ校則を守らせて、というのはさすがにバツが悪い。猫にそんなことのお伺いを立てるのもなんだかおかしいような気もするが、ついそう聞いてしまった。

伊緒奈は腕の中で欠伸した。

「沙由実のうちだと、戻ってから来るのに時間がかかりすぎるだろ」

「そっか……」

待たせるのも、それはそれで失礼かもしれない。そう自分に言い聞かせるように沙由実は納得する。

「……それど、仕事の詳しい内容は橘さんに聞くとして、いーちゃんは教頭先生とは何話してたの？」

「話すも何も、私が話せることが明かせるのは、同じ猫か『猫の手』だけだよ」

「そっか――」

　忘れてた、と言いながら周囲を見渡す。

　放課後の帰り道、猫を抱いて会話している中学生というのは誰かの目に止まっていないだろうか。

「安心しろ、近くには誰もいない」

「そういうの解るの？」

「猫だからね。気配で解るよ」

「………」

　先日は、猫には気配が解らないとかそういうことを言ってなかっただろうか。

（猫は三日もすれば恩を忘れるって言うけど……端から言ってること忘れてたりするの？）

　よく思い返せば、兄が扉の向こうまでやってきていたのも察知していたわけだし、それなりに動物的な勘というのは人間よりも高いはずだ。

（それとも、怪しい気配とかそういうの限定なのかな……）

　そのことを問う前に。

「内田牧子だが」

と伊緒奈が言った。

「教頭先生が？」

「話はしなくても、話は聞いた」

「……何それ？」

「独り言みたいに、話しかけてきたんだよ」

それは……猫に延々話しかける教頭先生という光景を想像してみた。武道場の職員準備室で自分らを問いただす姿と、うまく重ならなかった。いや、猫撫で声で伊緒奈を撫でていたのを思い返すに、そういうこともあるのかもしれないけれど。「飼っていた猫は、三毛の子猫だったそうだ」

「いーちゃんみたいな？」

「写真も持ってたな。私よりは黒が少なかった」

「猫の写真持ち歩いているのね。……でも多分、伊緒奈の方がかわいいよ」

「とってつけたように言うな」

「わりと本気」

「猫好きはみんなそう言うからなあ」

「えー」

伊緒奈はするりと沙由実の腕の中から地面に降りた。

「喫茶店は生き物の連れ込み禁止だ」

いつの間にか、喫茶店ソーサリーは目の前だった。

◆　◆　◆

「もう少ししたら、沢井さんも来ると思うよ」

という橘の言葉に、沙由実は頷いてカウンター席につく。

さすがに『猫の手』の会合とはいえ、連続して店を閉めるというわけにはいかないということで、今日のソーサリーは開店していて、お客も何人かいた。

耳を澄ませると、軽快なピアノ曲が流れている。音楽にそれほど詳しくはない沙由実だが、これは多分、ジャズ・ピアノとかそういうものだというくらいのあたりはついた。心地よくていつまでも聞いていたい、そんな気分にさせてくれる。

（CDかな。なんて曲だろ）

そんなことをぼんやりと思いながら、目の前におかれたフルーツのミックスジュースを飲む。

ふと、橘が今日も何かを白い布で磨いているのが目に入った。

「あの、それなんですか？」

あの時に、シモンに渡していたのは覚えている。

「ああ、これは……君の『鏡』と同じく、猫たちに授けられた『珠』ですよ」

見せられたのは、瑠璃色のきれいな五センチほどの、いわゆる勾玉だった。

「三種の神器になぞらえて作られたというこの『珠』は……さて、なんの効果があると思う？」

「いきなり言われても……」

『鏡』には沙由実の知りたい情報を映し出してくれる力があった。伊緒奈が言うには、それは猫の目の力なのだという話だった。

祈の持つ『剣』は、よく見えていなかったが、何か悪いものを切る力でもあるのだろう。

（そういえば、あの『剣』のことも聞いてない）

『鏡』は猫の目ということは、『剣』もやはり猫の何かの力なのかな——と考えてか

ら、

「『鏡』は猫の目、見えぬを睨み、『剣』は猫の歯、触れずと甘嚙み」

（そう。そういえば、あの時にシモンがそう言ってた）

猫の歯——牙、ということだろうか。

祈が持つ光の剣を思い出し、首を傾げる。あれが猫の歯だとか牙だとか言われても、ちょっと信じがたい。そもそもからして、甘嚙みというのはなんなのだ。

（あ、けど、よく子猫って甘嚙みするっていうけど）

伊緒奈はそういうのをしないので、猫に嚙まれるというのがあまり沙由実にはぴんとこない。だが、子猫を飼う友人たちからそういう話は聞いたことがある。経験のあまりない子猫は、とにかく色んなものを嚙んで反応を確かめているのだという。なんだか兄もそういうことを言っていたような気がする。

『子犬なんかも兄弟で嚙み合ったりするらしいぞ。そういうのが言葉のない動物たちにとってのコミュニケーション方法なんだろうな』

（けど、あの『剣』とは関係ないよね）

そう結論づけて。

「『珠』は猫の命――」

続けて、思い出した。

（……あれは、どういう意味？）

なんだか、あまり穏やかでないような気がするのだが。

その時に、ソーサリーの扉が開いた。

「こんにちは」

店の中に入ってきた祈は、昨日と同じようにどこかのセーラー服を着ていた。

◆　◆　◆

「…………そうか。祈の事情を知ったのか」

　クロの言葉に、伊緒奈は欠伸する。

「知ったというか、勝手に牧子が話してたんだがな」

　別にたいして興味があるわけではなかった。

　とまでは伊緒奈は言わなかった。

「問題ありでこっちに来たので、気にとめていたんだとさ」

「それは……まあ、祈にとってはいいことなんだろうな」

「どうだかな。牧子は牧子で、問題がある娘だが」

　すでに六十の坂をのぼりつつある女性にたいして、伊緒奈は祈と同列に言ってのける。

　この三毛猫が猫として化生を得てどれほどになるのかは、クロも正確には知らない。

自分より年上で、だいたい六十年くらいだと聞いていた。だとすると内田牧子と似たような年齢ということになる。

「……問題と言うのは、今回の仕事に関わることですか？」

白猫のシモンが問いかけると、伊緒奈は後ろ足で毛づくろいをした。

「おまえ、あんまりそれが多いと蚤《のみ》でも飼ってるのかと思われるぞ……」

「そんなのはどうでもいい。クロは猫のくせにうるさい」

「お前は猫にしてもいい加減すぎるんだ！」

「……あの、喧嘩はなさらず……」

三匹の中でもっとも年長で喧嘩も強いはずのシモンだが、この二匹の間に挟まれると仲裁に入ってばかりだ。

伊緒奈はひとしきりクロの説教を聞き流してから、シモンへと顔を向けた。

「まあ、牧子の問題なんて大したもんでもない。人間、歳を食えば誰だってもつ程度のことだし。今回の仕事には――さて、どうなのかな？」

だいたい、どういうことが起きているのかの察しはついてるのだけど、と言うと、クロは目を細める。

「今回は、確か東町《ひがしちょう》のサンザからの依頼だったな」

「うん。他愛もない話だ。猫を飼っていた一人暮らしの娘がいて、そしてある日、その猫がいなくなって」

そのいなくなった猫の行方《ゆくえ》を知りたいとか、そんな話だ。

伊緒奈はそう言って、また毛づくろいを再開した。

◆◆◆

「つまり、私たちはその猫を探すということね」

祈は学校で見ていた姿が嘘であるかのように、昨日のような偉そうな態度で話を聞き終えるとそう言った。

「そういうことになるかな」

橘は『珠』を磨きながらそういう。

「まあ、だいたいの予想はつくんじゃないかい？」

「予想？」

橘の言葉は自分に向けられたものではない、ということは解っているのだが、つい沙由実は反応してしまった。

橘は軽く息を吐き、彼女を見る。

「いなくなった猫がいて、その周辺に住む猫たちもその行方を知らないということは」

「………どういうことです？」

「保健所に連れられていったとか、飼い主に殺されたとかよ」

祈の声は、冷たかった。

「殺すって、教頭先生が――⁉」

あんな、猫撫で声で猫を撫でる人が、そんなことをするだなんて。

「人は見かけによらないよ。まったく、ありえなくもない。とは言っても、まず可能性としては外に出て迷ってしまったのを保健所に連れていかれたとか、そっちの方が高いと思う」

それはこっちで調べておこう、と橘はいう。

「いなくなった時期が解っているのなら、保健所に連れられていった猫の飼い主を探す団体がSNSなんかを使って情報を開示していた可能性もある」

「……そんなのあるんですか」

「みんなが、動物をむやみに殺したいわけではないからね」

それで、新しい飼い主が見つかっていた場合は――

また面倒が起きるだろうけども。

「あとは、保健所ではない場合だけど……その調査が君の仕事かな」

だいたい『猫の手』の仕事は、こんな細かなことなんだよ、と橘は語った。

◆◆◆

「猫を虐待する人なんて当たり前のようにいるのよ」

店を出てから、祈は歩きながらそう語る。

「それは、聞いたことがあるけど」

たまにニュースなんかにもなったりする。

そのたびにひどいなあと思ったりするのだが。

「教頭先生もそうなのかな？」

「それは解らないけど」

だけど、油断ができないわ——と、祈は続けた。

そして、そのまま足早に目的地へと向かっていく。

その後ろを腕を組んで考えながら歩いていた沙由実だが、やがて気になることを聞いてみた。

「それで、なんでその制服を着ているの？」

着替えてくるというので、私服にするのかと思っていたのだが。

「それは——」

祈は。

しかし落ち着いていた。

「これが、私の戦闘服だからよ」

「戦闘服——」

「そう。あとは正体隠しとかもね」

学校を特定されないための工夫だという。

なるほど、と思うが、それはそれでどうなんだろうか。

この辺りのものではない学校の制服を着ている方が、目立つのではないだろうか。

「まあ……かっこいいからいいか」
ぼんやりとそう呟くと、「なにをいうのよ！」と祈は声を鋭くして振り向く。
（なんだろう、この人……）
服装を変えることによって気分を変える、なんてことは沙由実にだってある。
だからまあ、仕事のためだというわけで衣服を着替えるというのは解らなくもない。
しかしそれが、制服から別の制服に替えるというのは意味が解らない。
というよりも、この制服は何処の制服なのだろうか。
（どっかで見たような記憶はあるけど……どこだっけ）
多分、県内の何処かの中学のものだろう、という程度の当たりはつけられる。
（いや、普通に考えたら、転校する前の学校の制服だよね）
それはいいとして、それが『戦闘服』というのはどういうことだろうか。
お友達になってあげて。
どうしてか、教頭先生が囁いていた言葉を思い出した。
「そろそろ、内田先生の家ね」

◆　◆　◆

内田牧子という人が独身であるということは、伊緒奈から聞いていた。

過去に結婚したことがあったのか、それともずっと独り身であったのかについてははっきりと解らないが、この近所に住んでいる猫たちによれば、少なくとも三十年、彼女はずっとあの家に住んでいるという話だった。

「独り身の女が猫を飼うとか、寂しいものね」

(そんなものなのかな)

沙由実も寂しそうだなあとは思ったが、自分が伊緒奈と一緒に生活している光景を思い浮かべると、案外とそうでもないような気がしてくる。恋人がいない、夫がいない、ということを何かの欠落のように考えるほど、彼女は世間ずれしていない。

伊緒奈が足元から、囁く。

「猫を飼っていたのは三年前だとさ。名前は特につけてなかったらしい」

「ああ、お年寄りにはそういうことたまにあるよね」

うちのお祖父ちゃんとお祖母ちゃんもそうだったよね、と伊緒奈に話しかけるが

「どうだったかな」と返された。覚えていないのか、あるいは韜晦《とうかい》しているのか。

祈も頷く。

「近所の野良猫に餌をあげたりして、猫おばさんとか呼ばれていそうね」

「餌はやらないけど、たまの休日に庭に入り込んできた猫を撫でたりしているな」

「餌もやらないのに、猫によく近づけるね……」

野良猫なんて、なかなか近寄らせてもくれないのに。

「マタタビとかもってるからな」

「ああ、なるほど……」

お兄ちゃんもそういえば常備している——ということは、言わなかった。

「あとこの近所だと、野良猫に餌をやらないようにって言われてるみたいだから……それがなかったら、ふつうに餌もやってるんじゃないか」

伊緒奈はそう説明しつつ、和風の一軒家の生け垣の前まで二人を案内する。

「それで、ここによく来ているあいつがな、今回の依頼主」

にゃあ、と生け垣の下から現れたのは、少しやせ気味のキジトラの猫だった。

「東町のサンザ。年経ること二十年。人語は解するが、話せない。それでもこの辺りの猫たちの間では、慕われているんだぞ」

「文句は名付けたやつに言えよ」

「さんざ？」

サンザが教頭先生の家に出入りするようになったのはここ最近のことだという。

マタタビにつられたというのもあるが、ふらりと近寄って「猫」と言いつつ抱き上げられたのがその縁の始まりだという。

「ああもあっさりと抱き上げられたのは、上月のボンにされて以来——だとさ」

「お兄ちゃんは何をやっているのよ……」

「……昨日と、あと昼休みの時にも聞いたけど、あなたのお兄さんって一体……」

「あ、いえ、気にしなくていいです。ただの変な人です」

あんまり詳しく説明する気にもなれないので、沙由実はそれだけ言って伊緒奈に話の続きを促す。

「それで、よく通うようになって、話をぽちぽちと聞くようになって……」

三年前に飼っていた猫がいたが、いなくなった——ということまで、知った。

その猫がどうなったのか、サンザは気になるというのだ。

「この二十年、この辺りの猫の頭だった身としては、飼い猫とはいえど、己の知らぬところでいなくなっている者がいたというのがまず気になるし、もしも、その猫が今はいなくなってしまっているのだったら、ここにいつくことも考えている……だとさ」

そうは言っても、まずは元々飼われていただろう猫と飼い主をできるのならば会わせてやりたい——というのが本音だろう、と伊緒奈は補足した。

「だけど……そのサンザが知らないで飼われていたということは、家猫だったのよね。完全に室内飼いの」

一人暮らしで、昼間は仕事でいないとなれば、そうするのが自然だ。

外に出すと猫にはさまざまな危険がある。交通事故にあったり、何かの拍子に縄張りから出てしまって帰ってこられなくなったり……

最悪、捕獲されて保健所に届けられてしまうことも考えられる。

「……わたしたちに、それを調べろっていうの？」

恐る恐る、という風に尋ねる沙由実に、伊緒奈は軽く「まあ、そうだ」と答える。

「とは言っても、三年前にいなくなった猫が帰ってくる可能性なんてゼロに等しいからな。多分、どこかで死んでいる。ただ、それにしても不審があるから念のためにと『猫の手』に仕事が来たんだ」

「不審？」

祈の声は、鋭かった。

――猫を虐待する人なんて当たり前のようにいるのよ
少し前に言っていた言葉を、沙由実は思い出す。

(もしかして、教頭先生が猫を……って思ってるの?)

二人の『猫の手』は黙って伊緒奈の話の続きを待ったが、彼女はそれについては答えず。

「帰ってきたぞ」

と言った。

車が見える。二人は何気なく近所を歩いている学生を装ってその場から離れていく。

「ほう。誰か助手席に乗せているな」

足元から伊緒奈の言葉が聞こえたが、沙由実にはその人物のことを確認する余裕はなかった。

車は教頭先生の家の車庫に入る。どうやら教頭先生の車だったらしい。それは伊緒奈の「帰ってきたぞ」という言葉で察せられたことではあったが、どうやら教頭先生がどんな車に乗っているのかもこの猫は知っていたらしい。サンザという猫から詳しく聞いていたのだろうか。

車から降りたとたんに、助手席の人間は咳き込んだ。

「姉さん、この家、猫くさい！　また猫飼ってるの⁉」

「飼ってないわよ。庭に、たまによってくるくらいよ。家には入れてないから」

「そう。それならいいけど――」

その女性は、教頭先生の妹であるらしい。

しかしそれよりも、気になる言葉を口にしていた。

「猫くさい？」

沙由実は伊緒奈を見る。猫は確かに、匂いがする。しかしそれにしても、「猫くさい」とまで言って忌避するのは不思議に感じた。そもそも、猫がその場にいないというのにだ。だとしたら残り香に反応したということだろう。随分と鼻がいいのだろうか。

いや、もしかして。

「………？」

見ると、祈も同様の疑問にあたったらしい。

二人は顔を見合わせてから伊緒奈へと視線を落とす。

伊緒奈は、しかし答えなかった。

代わりに。

「少し、離れるぞ」

と二人を連れて歩き出した。

◆　◆　◆

「ねえ、いーちゃん、もしかしてあの人って……」

「…………」

「いーちゃん？」

彼女の飼い猫であるはずの三毛猫は、何も答えずにその場で腰を落として内田家の玄関を眺めていたのだが、やがて耳をひくひくと震えさせた。

「喧嘩をしている？」

そう聞いたのは、祈だった。

「そうなの？」

「何か、諍いをしているような、声が……かすかに」

そう言われてみたら、そんな感じがしないでもないが。

「テレビか何かじゃないかな」

「かもしれないけど……」

さすがに距離が離れていると自信がなさそうだ。

「いや、喧嘩だ」

「伊緒奈!?」

「同居しようとか、もう姉妹二人きりしかいないじゃないか——って、だいたい、聞いてた通りの話だな」

「聞いてた?」

あの後、ぽつぽつと抱き込んでいた伊緒奈に対してグチをこぼすように言ったのだという。

「歳の離れた妹がいて、同居したいとか言ってくるけど、自分が無職で貯金もないから、寄生したいだけだとか——」

「あー」

「それでも、三年前までは家に来なかったとかなんとか」

「三年前——つまり、猫がいなくなった時期のことよね」

祈は言いながら、何かを考えている。

沙由実はその横顔を眺めていたが、やがて。

「猫くさいって言ってたけど、もしかしてあの人、猫アレルギーとか？」

沙由実の言葉に、祈も頷き、伊緒奈はうつむく。

猫の毛などによってアレルギーを起こす者はままいる。嗜好《しこう》に関わらず、そんな症状になってしまうらしい。猫の好き嫌いは関係なく。彼女もそういう一人なのだろう。

「そういえば、さっき教頭先生が着てた服も、学校で着ていたのと違うね」

猫を抱いたときに着ていた服のままだと妹が嫌がるかもしれない、という配慮からだろうか。

「となると、家に出入りするために、妹が猫を捕まえてどこかに捨てた――ということかしら」

それが一番解りやすい話ではあるが。

伊緒奈は「それは難しいだろう」とだけ言った。

「……難しい？」

祈の問いかけに、伊緒奈は答える。

「そんな猫アレルギーなのに、どうやって猫を捨てるんだよ」

「あ」

うっかりしていた、という顔を祈はした。考えれば解ることだった。重度の猫アレルギーの人間が、その手で猫に触るということからして一大事なのだ。

「だけど、例えばマスクとかして、寝ているところを袋詰めにするとかして……」

推論を重ねていく祈だが、それはどうにも言い訳がましく沙由実には思えた。ありえない、とまでは言わないが、匂いだけであんなに嫌がってた人が、そこまでして猫を捕まえて捨てようとするのだろうか。

そんなことを自分でするくらいならば――

(…………もしかして)

いや、それは、矛盾がある。

教頭先生は、猫はいなくなったと――語っているのではなかったか。

「……当人に聞いてみたら、解ることだわ」

祈が言った。どうやら推論はやめたらしい。

しかし「当人」とは誰のことなのか、と沙由実は疑問を覚えた。話の流れからすれば教頭先生の妹のことだろうとは思うのだが、どうやって聞くのかというのがまず解らない。自分たちは中学生で、相手はそれなりの年長の人だ。とても家庭内の事情を聞き出せるような間柄ではない。

（もしかして、わたしの『鏡』を使うということかな）

多分、そういうことなのだろうと沙由実は納得したのだが。

違っていた。

しばらくして家から出てきた妹は、自分が助手席に乗っていた車の、今度は運転席のドアを開けた。どういう都合があったのかは不明だが、この車の運転を姉に任せていただけで、本来はこの人の所有であったのかもしれない。

「チャンス」

と言ったのは祈だった。

「あ」

沙由実が止める間もなかった。

祈は駆け足に教頭先生の妹にまで接近していた。

「――あなた⁉」

祈に気づいた彼女が何かを叫ぶ前に、祈の片手が真上に掲げられた。そこにあるのは『剣』だ。輝き、数日前に沙由実を救った光の刃。それが、今度は一人の女性に向けて振り下ろされる。あまりにも唐突で、あまりにも鮮やかだった。

妹は倒れかけ……そのまま持ち直し、その場で立ち尽くす。

「なにしたの!?」

駆け寄りながら問い詰める沙由実に、祈は振り返りもしない。

「私の『剣』は心を切るの」

「心!?」

「切られたモノは、私に支配される」

そんな力が――

だけど、と叫ぼうとした沙由実だが、白く細い手が口の前にかざされた。

(誰!?)

祈の手ではない。彼女は沙由実に背中を向けて教頭先生の妹を見ているままだ。

「文句はあるだろうけど、それは後だ」

「――いーちゃん!」

そこにいたのは、金髪の中性的な女性だった。あの、先日にソーサリーで見た伊緒奈の人になった姿だ。その衣装もあの時と同じウェイター姿になっている。

彼女は指を立てて唇の前に寄せる。

「人の気配はないけど、誰が通りかかるか解らない。路上で尋問なんかできない。その車に乗って移動するぞ」

「いーちゃん⁉」

困惑する沙由実。

対称的に、祈は落ち着いていた。

「そうね」

（もうっ、どうなってるのよ！）

正直、叫んで喚《わめ》いて問いただしたい。しかし、状況がそれを許さないというのも理解できていた。今はこの流れに任せるほかはない。

二人と一匹は妹の乗ってた車に乗り込み、発進させた。

妹は運転しながらも何度も咳き込み出す。どうやら本当にアレルギーらしい。人間の姿になった伊緒奈は猫の毛はない。多分、沙由実の制服に微かに付着したものに反応したのだろう——と、伊緒奈は推論を述べた。

これではそんなに遠くに行けないと判断した祈は、近所の河川敷まで移動させると、すぐさま外に出て尋問を開始した。

聞いた話は、伊緒奈の知っている情報を補足するものだった。

内田牧子の妹は、内田頼子《よりこ》という名前だった。

二人は若い頃はそれなりに姉妹仲はよかったのだが、大学卒業後の進路の問題で諍いがあり、ここ二十年ほど、ほとんど顔を合わすこともなかったのだという。

その間に牧子は教員になって教頭にまでなって、頼子は不景気の中で仲間とともに始めた事業は上手くいかず倒産した。借金こそ抱え込まなかったものの、貯金もなく非正規の仕事で食いつないでいるという状況だった。

頼子が実家に頼ろうかと思わなかったわけではないが、介護が必要になった父の姿を見るのは心苦しかったし、介護もできるとは思えず、姉である牧子も、父の年金と自分の給料のかなりをかけて介護をしているという状況だった。正直、あまり関わりたくなかった。

あと、牧子が飼っていた猫のせいで長居ができなかったということもある。いつの間にか猫アレルギーになっていた頼子は、さほど重度ではないとはいえ、実家にはそう長くいられなかったのだ。

そんな事態が急変したのは、三年前だ。

父が死んだのである。

父の死は老衰であったが、それをきっかけに頼子は実家に出入りすることになった。

介護が必要でなくなった途端に戻るというのはさすがに現金すぎる、という自覚はあった。周囲からそのことを陰口されているのも知っていた。だが、それでも、さすがに放っておけないと思ったのだ。

「あの気丈だった姉さんが、すっかり意気消沈してしまい、仕事のない日はずっと飼っている猫に話しかけるようになって……」

頼子の語る言葉に、嘘は感じられなかった。

もちろん、『剣』に切られた者が術者に逆らえるはずはない、ということで、頼子の話すことは、少なくとも彼女にとっては真実のはずだった。

放ってはおけないと思った頼子は、姉を説得して猫を別の家に譲り、自分がいつでも出入りするようにして――

「ちょっと待って」

祈は頼子の話を止めさせた。

「猫はいなくなったのではなくて、人に譲った？」

いや、それもまたいなくなった、ということには違いないのだが。

「サンザの話だと、ある日突然いなくなった、という風に語っていたらしいけど……まあだいたい予想通り」

伊緒奈はそう言ってから、「行こう」と言って車から出て、人の姿のままで二人を先導して歩き始めた。

この結果は、想定内のことだったらしい。

帰り道に、伊緒奈は教頭先生こと内田牧子との会話について、補足し出した。

「だいたい、三十分で話が一巡してな、同じことをまた話し出すんだ」

「それは……お年寄りが同じ話をし出すとかよくあることじゃないのな」

「そうだな。人間も猫も、歳を食うと、同じようなことばかり繰り返すな」

「……それは、伊緒奈、あなたは、先生が認知症だっていいたいの？」

「何かそういう類のだろうな。今は症状が軽いみたいだが……長いことやってた介護が終わって気が抜けたとか、それが原因なんじゃないか。今は教職もしているから、気が張っている時分は頭ははっきりしているけど、休憩とかになると、なんだか少し頭にもやがかかるようになってしまった――とか、そんなことぼやいてたな」

「つまり……猫がいなくなったという話は、教頭先生が譲ってしまったということを頭の中で改竄《かいざん》してしまったということなのかしら」

「そうなんだろう。多分、妹に言われて猫を泣く泣く譲ってしまった――ということにしたくないんだろうな」

「それは？」

「あの牧子も、妹とできるだけ仲良くしたいのさ」

「………………」

「たった二人しかいない家族だからな」

もしかしたら、頼子が猫アレルギーでなければ譲るなんてしなくてもすんだかもしれない。

しかし、妹の出入りを許すためには、猫がいては困る。

泣く泣く、譲った。

だけど、本当はそれもしたくなかったのだ。

(あの三丁目のお屋敷の人と、ちょっと似ているかも)

沙由実は思う。

あの屋敷の中に残っていた後悔は、自分の躊躇いがもたらした結果を、ありもしないほどに過大なものとして責め立てるものだった。

本当はたった数秒ほどの逡巡は、あろうとなかろうと結果を左右したとはとても思えない。

だが、それは彼にとっては永劫に自分を責めるのに十分な過ちだったのだろう。

教頭先生は、それとは少しだけ同じで、少し違っていた。

自分の選択に後悔をして――

だけど、それで誰かを責めたくなかった。

妹が、自分のために毎日来てくれていたのは知っていたのだから。

「だから、猫はいなくなったことにした。妹が悪いのでもなく、自分の責任でもなく、猫は自らいなくなった」

そういうことにしたのだ。

やがて二人は、再び内田家の屋敷にまで来ていた。

伊緒奈はいつの間にか猫の姿に戻っている。

キジトラの猫がは生け垣の前で待っていた。

この猫が、依頼主のサンザなのだろう。

「にゃあ」

「にゃあ」

二匹はそれだけの鳴き声を交わした。

それだけで何もかもが伝わったのか、サンザは生け垣の中に入っていき、また鳴いた。

「あら、猫ちゃん」

縁側で一人座っていた教頭先生こと内田牧子は、サンザの姿を見ると相好を崩す。

サンザは縁側にひょいと飛び乗ると、牧子の隣で腰を落とす。

「賢いわね……けど、あなたは、うちで飼えないの。うちの子がね、もしかして帰ってくるかもしれないから……本当、かわいかったのよ。賢くて。とてもかわいくて……どこに行ったのかしらね……」

牧子は猫の頭に手を伸ばし、それからひっこめた。

彼女のたった一人の家族のために、猫に触るのを我慢しなくてはならないのだ。

「にゃあ」

サンザはもう一声鳴いて、しかしそのまま何もせずに丸まり続けた。

私と猫と猫使いのお兄さん

Cait Sith/Cat Walk "My Cat and Me and The strange house"

209

「あなた、伊緒奈を学校に連れてきてないわよね？」

教頭先生の件を解決してから二週間ほどたった昼休みに、以前と同じく武道館の裏で、祈がそう尋ねてきた。あの時からなんとなく、二人は昼休みになるとここで顔を合わせることになっていた。

とはいっても、給食を終えてから特に急ぐでもなく足をのばし、挨拶してから身の回りのことを適当に報告する——程度のことしかしない。

一つ年上ということもあるが、沙由実も祈との距離を測りかねていた。

それでもなんとか、少しづつ会話が増えてきているなあと思い出した矢先に、唐突に聞かれたのである。

沙由実はすぐに首を振る。

「連れてくるもなにも、伊緒奈は勝手に来たり帰ったりするし」

「……そういえば、そういうものだったわよね」

猫という生き物は、勝手気ままという言葉が血肉を持ったかのような存在である。多くの猫の飼い主が思い至る真実に、祈も到達していたらしい。

「じゃあ、校内で聞こえるという猫の声の噂は、やっぱり伊緒奈なのかしら」

「猫の声？」

「正しくは猫の鳴き声だけど」

沙由実は、しかし首を傾げる。

「学校に猫、かあ」

校内に動物が入り込むというのはたまにあることである。この辺りは山も近いから、鼬などもふつうに町中にいる。そのような野生の生き物が進入してくることもあれば、ふつうに野良犬や猫がやってくることもあった。だから猫が校舎の中にいても、そんなに不思議ではない。

「不思議よ」

「不思議かな?」

「だって、この学校、校舎の玄関が開放されているの、朝と放課後だけじゃない」

「そういえば……」

そうだった。

何年か前から、この学校はセキュリティに随分と力を入れるようになった。

朝も放課後も警備員が出入り口を見張っているのだ。動物だって入り込むのは難しいだろう、と祈は言う。

「校庭に入るくらいならできるでしょうけど、校舎の中には入り込めないでしょ」

「難しいかもです……あ、窓から――も、ダメか」

セキュリティ強化というからには、玄関に見張りを立てるだけでは済まないということだった。

文字通りに猫の子一匹は入れないように、一階の窓ははめ殺しにされているのがほとんどで、そうでない場合は網戸などがしてあるのだった。

「私の前いた学校もそれなりに厳重だと思っていたけど、やっぱりこちらの方が都会な分、隙が無い感じね」

感心したように言う祈だが、「都会ですか?」とつい言ってしまった。

「うちの町より田舎って、それは相当なものなんじゃあ……」

「田舎だったのよ」

本当に。

「あ、はい……」

強調する祈に押され、たじろぎながらもその言葉を認める。

それからしばらく腕を組んでいた祈であるが、やがて。

「やはり、学校の中の猫の噂、伊緒奈なのかしらね」

話が最初に戻る。

「いーちゃんだったら、確かに校内にしれっと入り込んでそうではあるんだけど……」

「けど、伊緒奈なら、学校に来ていることをあなたに隠すなんてことはないはずよね」

「話し忘れるとかはあるかもだけど……何せ猫だし」

「うーん……」

「あの、沢井さんの言う猫の噂って、そんなに気になるものなんですか？」

「気になるわよ」

祈はあっさりと答える。いっそ拍子抜けするほどだった。

「私たち、『猫の手』だし。猫は噂話が大好きなのよ。いるはずのない校舎の中に聞こえる猫の鳴き声だなんて、猫たちが一番好きそうな話だわ。これが伊緒奈だったらなあんだで済むけど、もしもそうでないとしたら、私たちに話が回ってくるわよ」

「話が回る？」

「真相を探れって話よ」

「――――」

「『猫の手』の仕事って、だいたいいつもそんな感じの雑用なのよ」

溜息と共に、彼女はそう呟いた。

◆　◆　◆

「学校の猫？　それは私じゃないなあ」

いともあっさりと、伊緒奈は答えた。

沙由実と祈は顔を見合わせる。

二人は喫茶店ソーサリーにいた。結局、放課後に長時間居残ることはできないという事情があり、学校で猫を探すという選択肢はなかった。とりあえずはソーサリーにいるだろう伊緒奈とクロに聞けばいいということで立ち寄ったのだが、カウンター席に座っていた伊緒奈はというと、猫の噂話については知らなかったらしい。

「私でなければクロ――でもないか。ここのところ、あいつは祈の家にいるか私とここで店の手伝いをしているかだからな」

「そうなんだ」

想像できていたことではある。

ウェイター姿が二人……というか二匹にはよく似合っていた。元が雌であるはずの伊緒奈まで美男子風なのは少し納得がいかなかったが、「スカートは動きにくいからな」と言われてはそういうものだと思うしかない。

ちなみにクロは買い出しに出ている。

「しかし、あの学校、今はそんなことになってたのか」

伊緒奈は少し感心している風でもある。

「え。けどこないだ学校に来てたじゃない？」

「あれは校内ではあるけど、武道館だろ」

そう言えばそうだった。

「校舎の前に警備員なんて、前はいなかったけどそういう事情だったのか」

「前？」

「旭が中学生の頃、見に行ったことが何度かあるんだ」

「……お兄ちゃんを見に行ったの？」

「…………どうでもいいだろう、それは」

伊緒奈は、そこで努めて不機嫌ではないと装っているかのように顔をそらした。

そんなことだから。

「あなたのお兄さんって、どういう人なの？」

そう聞かれてしまうのも、無理からぬことではあった。

「どうって言われても……」

「クロに聞いてくれ」

「聞くけど……この調子だと、素直に答えてくれそうにないわね」

溜息混じりにそうぼやく祈であるが、やがて思い出したようにカウンターで相変わらず勾玉を磨いている橘に向き直る。

「橘さんは、その、旭さんという人と友人だったんでしょ」

「うん。懐かしい話だね。彼はたまにここに来るけど、それ以外では会うこともないからね。ここに来ても、ろくに話さないけど」

仕事で来ているから、仕方ないけど——と言葉を続ける。

「仕事？」

「旭さんの仕事は、何かライターだって話だね。詳しいことは話してくれないから解らないけど。家で落ち着かない時は喫茶店やファミレスを回って原稿を書いてるんだって」

「ああ、そういう意味で……」

「あー、お兄ちゃんが出かけているのって、そういうことだったんだ」

よりにもよって、妹である沙由実がそう言う。「いつもふらふらって適当な時間に出歩いているから、何しているんだろうって思ってた」

「……旭さんは、本当に家族にもろくに自分の事情を話さないいんだなあ」

むしろ、橘は感心しているようだった。

そこはどうなんだろう、という顔をした祈であるが、これ以上話していても埒が明かないと判断したのか、「学校にいる猫はなんだと思う？」と伊緒奈に問う。

どうやら、橘も沙由実も、ろくな答えを返せる人間ではないと判断されたらしい。

「さあ……いくら人間が厳重に監視しているからと言って、猫も絶対に入れないなんてことはないとは思うけどね。警備員の隙をついて入り込んで――そのままってことじゃないかな」

「だとしても、猫の噂が出てからもう一週間たつのよね」

「一週間か――難しいな」

二人して頷く。

沙由実は首を傾げる。

「どういう意味？」

「一週間も、猫は飲まず食わずで生き延びられないってことよ」

「ああ……」

「ただでさえ、猫はあんまりエネルギー効率のいい身体をしていないからな。そんなに長く絶食できないんだ。私なら三日で死ぬね」

「人間でも、三日絶食はきついと思うけどね」

橘はそう言ってから、『珠』をカウンターに置いた。

背後の食器棚へと振り返り、大きめのグラスを二つ取り出す。

「だとしたら、話は簡単。猫が入り込み、その後は生徒の誰かが餌をやっているということじゃないかな」

それが——一番ありえそうな話だと、沙由実も祈も認めざるを得なかった。祈もそういうストーリーはある程度描いていたのか、軽く頷き、しかし「だけど」とぼんやりと呟いた。何か、ひっかかるものがあるらしい。

「猫の鳴き声がするという場所、猫が隠れているようなところはないんだけど」

「ふうん？」

その時、店の扉が開いた。

買い物袋を下げたウェイター姿のクロだった。

彼は入ってから『猫の手』が全員揃っているのに気づいて、静かに頷く。

「新しい仕事が入ったぞ」

◆　◆　◆

「ここが、その猫の声がする場所よ」

翌日、一時間目の後の休憩に件《くだん》の猫の声がするという場所にやってきた沙由実は、祈にそう言われて首を傾げる。

「確かに、言ってた通りに猫が隠れている場所なんてなさそう……」

「でしょ？」

校舎の西の階段だった。その三階に続く踊り場だった。ここで猫の声が聞こえるというのだ。すでに怪談話のように広まりつつある。ここで猫の声を聞こうとしている人間は何人もいた。その彼ら彼女らが諦めていなくなるまで、二人は待機していたのだが。

「猫の声なんて、聞こえないね」

「そうね……」

二人は踊り場から周囲をうろうろと眺めていたが、猫の声などまったく聞こえてこない。姿も当然見えない。

「何か勘違いだったとか?」

「勘違いってことはないと思う。三年の間では、結構聞いたことがあるって子がいたもの」

「そんなに噂になっているんですか? 一年では全然聞いてないですけど」

「この辺りに、一年が来る理由はないからじゃない?」

そう言われるとそうだ。

沙由実のような一年生は、三階に行く用事というのがそもそもない。三階は三年生の教室が大半で、あとは東側に音楽室がある。図書館は五階だが、そこは中央の階段を登った先にあるわけで、一年生はわざわざ西側の階段を使う用事というのがほとんどない。

ちなみに四階は生徒会室や資料室があり、五階は図書館だけである。

「可能性があるとしたら、屋上かなあ……」

沙由実は呟く。

「屋上？」

「四階から、屋上にでる扉があるって、お兄ちゃんに聞いたことがあります」

「四階は素通りするだけだから、そういうのは気づかなかったわね……」

「昔は漫画みたいに、屋上には結構簡単に出入りできたんだ——って、確かそういう話だったかな」

「漫画みたいに、ね。そういえば、漫画と違って、屋上にはなかなか生徒は入れてくれないものね」

祈は「前の学校もそうだったわね」と呟き。

「屋上の猫の声が、ここで聞こえるということ？」

「可能性があるとしたら」

「今、聞こえないのは？」

「それは、多分、学校内がうるさいからかなあ……」

「うるさい？　ああ、猫の声が小さくて聞こえないってことね」

その時に、チャイムが鳴った。

「次は——昼休みにしましょう」

二人は顔を合わせ、頷き合う。

「単純に、猫の声が小さいから、人のいない、静かな時間帯にしか聞こえない……本当に、単純すぎてちょっと思いつかなかったわ」

「元々校舎の中って音が響きやすいようになっているから」

だから、休み時間には聞こえないのだろうと。沙由実は推論を話す。

「だから移動教室の時にしか聞こえないって話になるのね」

なるほど、なるほどとしきりに感心したように頷く祈だが、「けど」と沙由実に向き直る。

「屋上に猫がいて、その声が静かな時にしか聞こえないとして――どうして猫がそこにいるの？」

「さあ」

猫がこっそりと警備員の目をかいくぐって校舎に入り込み、さらに誰も出入りできないはずの屋上にまでこっそりと忍び込む……偶然が幾つか続けば、あり得ない話ではない。とはいえ、それだけでは一週間も生きていられるはずもない。祈は疑問を抱いているようだった。

「じゃあ、屋上に連れ込んだ誰かがいるということなんじゃないですか？」

「ああ……なるほど」

そういえば、猫に誰かが餌を与えているのではないか、というのは祈自身が推論していることだった。つい失念してしまっていたが。

「猫がどうして屋上にいるかについては、屋上に連れ込んだ誰かがいて、その誰かがエサをあげてるから生き延びていて……それで、それは誰かしら？」

「……そこまでは、さすがに……」

沙由実は首をひねる。

「というか、屋上に入れるのって、教師以外だと誰がいるの？　警備員？」

どちらも可能性は薄そうよね、と祈は言う。

（大人だったら、家に連れ帰ったりすればいいものね）

屋上で猫を飼うなんてことはしないだろう。

「だとしたら、生徒よね」

（でも、屋上に入れる生徒なんて――）

沙由実はそこで額を押さえた。何か、それに関係するようなことを昔誰かに聞いたことが有るような記憶がある……。

祈はその様子を眺めていたが。

「まあ、飼っているのは多分、三年生じゃないわよね」

「どうしてですか？」

つい、聞いてしまった。馬鹿にしているわけではない。ただ、祈は当てずっぽうに言葉を口にしているわけではないということは解る。どういう理路があってそんなことを考えたのか。

「三年生だったら、猫の噂を聞いて場所を変えてる可能性が高くなるんじゃないかなって」

沙由実は考えを慎重に口にしていった。

「そういえば、そうですよね……」

確かに、噂になっているのを聞いたら、猫の場所を移そうと考える。それが自然な流れだろう。

何せ屋上にいるかも、というのは真剣に考えたのならばすぐに思い至る程度のことなのだ。今、猫の噂なんてことを真剣に考えるような人間が『猫の手』である二人しかいないというだけである。

もしも屋上で隠して飼っているのだとしたら、猫の鳴き声の噂を聞けばどうにか移動させようとするだろう。学校の教師が仮にどれだけ猫が好きであったとしても、校内で飼うのを許すはずがない。猫が大好きな教頭先生の内田牧子先生に頼んだって無理だ。それくらいのことは中学生にだって解る。よくて校外放逐、悪ければ保健所に連れていかれるかもしれない。

「だから、二年生か一年生――この噂を聞いてない人間であるとするのなら、そのどちらかだと思うけど」

そこで、自信なさげな顔を祈はする。全校生徒の中から三年生を省けば、残りは三分の二。容疑者の数が減ったといえば減ったが、それは実質、ほとんど絞れていない。

「推理の方向性が間違っているのかしら」

「方向性？」

よく、意味が解らない。

「三年生とか二年生とかじゃなくて、屋上に入ることができる生徒、という方向から絞っていった方が確実かなあって」

「でも、そんな生徒なんていないです――」

沙由実は言いかけて、黙り込む。

「どうしたの？」

心配そうに尋ねられた沙由実だが、黙り込んだままに階段を昇りきり、校舎の中央の方へと顔を向けた。

「生徒会の人たちなら」

「生徒会――!?」

「ええ」

自分の先輩である『猫の手』を見下ろして、上月沙由実は言った。

「学校の屋上へ行けるのは、先生たち以外では、生徒会の人たちだけだ――って、お兄ちゃんが昔言ってたの、今思い出しました」

「――――」

次の言葉を探すためか、沈黙してしまった祈は、しかしパチパチとすぐそばから聞こえる拍手の音に気づき、目を向けた。

「あなたは、」

「クロ?」

沙由実もその拍手をしている誰かに気づき、声をあげた。

それは、この学校の学生服を着ている、人間の姿に変身しているクロだった。

「さすがに『鏡』の担い手であると言った方がいいのかな」

そう言って、口元を微かに笑いの形にした。

沙由実は「別に、大したことないです」と慌てて口にする。褒《ほ》められたということはうれしいのだが、どうしても照れが先に立ってしまう。素直にありがとうと言えるほどには、彼女は大人でもないし、子供でもない。

「どうして、貴方《あなた》が人間の姿でここにいるの？」

「どうしてもと言われてもな。猫の姿のままで校舎の中をうろつけないだろう」

言われてみれば、もっともな話だった。

『猫の手』の相棒である猫は、仕事の最中は傍にいるものと決まっているらしい。ならば人にしか入れない場所に赴くためには、人の姿になる。

「あまり、人の姿に化けるのは得意ではないのだがな」

立ち上がり、頭を掻く。

中身は三十歳を超えているのだが、そのしぐさはどう見ても中学生男子そのものだ。

「……………………」

「……………………」

「なんだ、その目は？」

二人の視線を受けて、さすがにクロもひるんだ様子だったが。

やがて、踊り場の窓へと顔を向けた。

「――クロ？」

「ああ、確かに猫がいる」

どうやら、彼はこの人間の姿であっても、ある程度の知覚を有しているらしかった。

しかし、どこか険しい眼差しをしている。

「屋上なのも間違いないようだが――しかし、どうしてここで聞こえるのだ？」

その言葉を聞いて、二人の少女は顔を見合わせた。

◆◆◆

『容疑者』――という言葉がこの場合妥当であるかは別であるが。

沙由実と祈の推理が正しければ、生徒会に所属する二年生が屋上に猫を連れ込んで飼っている人間となる。現在、二年生は書記の二人というところまでは調べるというほどでもなく、ちょっと聞けば解ることだった。生徒会選挙は九月なのだから、まだ一年生の役員はいない。残りは三年生だ。

とりあえず生徒会室にしか屋上への鍵はないわけで、もしも使用者がいるとしたら、会議の合間に抜け出て、餌を与えるのだろう――とまで推測して、ここで障害がでてきた。

「生徒会室は四階で、使われているのは放課後だけ――ね」

「らしいです」

「問題は、私たちはどうやってそれを監視すればいいのかだけど」

「うーん……」

この学校の玄関が開放されているのは朝と放課後の間だけで、放課後も時間がすぎれば閉まり、特別な用事がある生徒か、さもなくば職員室にいる教師しか中にいられなくなる。この特別な用事というのが後者の中の特殊教室を使う文科系の部活か、生徒会くらいのものしかない。体育会系は部室が体育館の裏手にある部活棟を使用して、原則校舎に入れないことになっている。

つまり、部活にも入ってない、生徒会にも用事がない二人には、どうやって生徒会室を監視すればいいのか、その方法がないのだった。

「……随分と面倒なことになっているのね」

「沢井さんの元いた学校だと、こんなじゃなかったんですか？」

「警備員が校門にいたくらいで、こんなに厳重に生徒の管理はしてなかったわよ」

ふーん、と沙由実は頷いた。

「よそだと全然違うんですね」

「よそと言っても、同じ市内なんだけどね」

「へえ」

そういえば、祈がどういうところからどういう都合で転校してきたのか、そういうことは聞いたことはなかった。どうせ親の関係でだろうとしか思っていなかった。もっというのなら、それ以外の理由など沙由実には想像もできなかった。

ただ……なんとなく、祈の言葉に拒否を感じた。自分のことなどこれ以上話す気はないという意思があったような気がする。もしかして、転校の理由は複雑な、あるいはあまり話したくないようなことなのだろうか、ということにぼんやりと考えがいたった。

（まあ、いいか）

元よりそんなに興味があることでもない。

同じく『猫の手』であるにしても、同じ中学生であっても、一つ年上の少女というのはついこないだまで小学生だった沙由実にしてみれば別の生き物であるかのようだった。向うにしてみても、積極的に近づきたくはないという壁のようなものを張り巡らせている。そんな相手にこちらから歩み寄るというのは難しく思えるのだ。

それに何より、今は気にしなくてはいけないのは生徒会室にいるだろう『犯人』をどう見つけだすかだ。

「監視するために放課後に居残っていたら、私たち怒られるわよね……」

祈の声は、不安げであった。

「確か、罰則って特にないけど、職員室に呼び出されて注意される、とかかな」

沙由実は友人たちから聞いた話などを思い出す。兄も何か言っていたような気がするが、立ち入りが厳しく制限がされだしたのは兄の在学時代より少しあとのことだ。それにもう十年近く経過している。今とは全然事情が違うだろう。

「ペナルティはない、にしても……内申書なんかには響きそうね」

「かもですね」

なんとなく、つっけんどんな口調になってしまった。

一年生の沙由実には、内申書というものはぴんとこない。いや、同じく一年生でも生徒によっては三年後の受験に対して随分とぴりぴりとしている者もいないではないのだが、そういうのは沙由実には別世界の事情に思えるのだ。学歴が大切だとか生涯年収が違うだとかそういうことまでには思考がついていってない。そもそもからして地主の子であり、そこそこの収入がある家の娘である沙由実には、あんまり気にするほどのことではなかった。

「クロが代わりに見張ってて——とかはできないの？」

「まあ、それくらいは手伝ってもいいのだが」

クロは、しかし生真面目な顔をして言った。

「しかし、人の姿に化けるのは疲れるのだ」

「そうなんだ」

そのわりには、ソーサリーでは普通に接客したり買い物をしていたような気がするのだが。

「二時間くらいならどうということはない——が、やはり、あまり続けていると霊力が消耗する。それと我々には『猫の手』と違って、解決するための方法がない」

（そういうものなんだ）

沙由実が頷き、祈も溜息を吐く。

「楽はできないということね」

「まあそういうことだが――内申に響くというのならば、こちらも多少は無理はする」

「やるわ」

祈の言葉は断固たるものだった。

（ふーん？）

それになんだか違和感を覚えた沙由実であるが。

「じゃあ、私も」

どうしてか、そう宣言した彼女を、祈はこわばった顔で見た。


そんなわけで、生徒会室を見張っているわけだが。


（なかなか、出てこない）

放課後になってから、生徒会室に会長と副会長、書記二人と会計の合わせて五人が入ってすでに一時間になる。時刻はもう五時を回っていた。六時になると、生徒はどんなに部活が残っていても、生徒会の人間だろうと、問答無用で追い出される。彼らが何かするとなれば、あと一時間以内のことだろうけども。

図書館へと続く六階への階段の踊り場から、二人は声を殺して見張っていた。

ちなみに図書館は放課後の使用については前日までに申請書を提出しておく必要があった。不便なことである。それゆえに図書館の利用率が下がっていて、放課後にまで居残っているのは図書委員くらいしかいない。

「つきあわせて、ごめんなさい」

と、祈が言った。唐突にも聞こえる言葉であったが。

「別に、なんでもないよ」

「そう？　だけど、ごめんなさい」

一体、祈がどういうことで謝っているのか、沙由実には見当がつかない。

「私がやるといったから、あなたがそれにつきあう形になってしまった、そんな気がしてきて……」

「そんなことはないですけど……」

もしかして、あの時に「じゃあ」などと言ってしまったせいだろうか。

ぼんやりと沙由実は考えるが、どうにも祈の考えていること、言っていることがぴんとこない。彼女はどうも、別にどうでもいいようなこと、気を遣わなくてもいいようなことで気を遣っているようだ。

さすがにそのことを口にしてしまえるほどには、沙由実は子供ではなかったけれど、それでも何かしら、態度というか表情に、それは出ていたのかもしれない。

「私、友達との距離がよくわからないの……」

ぽつり、と祈が言う。

どうしてそんなことを今言ったのか——ということについての疑問はあったが、それよりも気になることはある。

「距離？」

「うん。私、転校する前、ずっと友達、幼稚園の頃からみんな一緒だったから」

「ふーん？」

ありえない、とは思わない。

沙由実の身の回りも、幼稚園の頃からよく見知っている人間は何人もいる。幼稚園から小学生、そして中学生になるまで、ずっと一緒などいうことはままあることだ。学区が広がり、その都度周りの人間は多彩になっていくが、基本的な顔ぶれというのはほとんど変わらない。新しい友人もできることはあるが、やはり家が近所の人間と遊ぶことの方が多い。

祈の場合は、沙由実よりもさらに濃密な人間関係のようだった。

十年かかって作り出された関係性と秩序から、キャラを作っていたのだと、彼女は言った。

だから——

「新しい関係を築くのが、怖いの……」

ちょっと意味が解らない。

祈は、唇を微かに尖らせて。

「キャラ作るとか、普通にするでしょ？」

「まあ、それは……」

する。

幾つかの小グループと付き合うと、それぞれに違うキャラを作って、その中でかぶらないようにする。

小学生のころからしていたことで、それ自体は解らないでもない。

しかし、新しいキャラを作るのが怖い、というのは——どうなのだろう。

（ああ、いるか。クラスが変わったりして、新しいグループに馴染《なじ》めなくなってる人）

そういう人たちはそういう人たちで、それでも以前に同じだったグループのつてなどから新しい関係を構築していくものであるが。

（そっか）

祈は、転校生だった。

新しいグループに入るのにも、やや手間がかかるのかもしれない。

それでも、少し、しっくりとこない。

「解ってるのよ……転校生だからって、いつまでもみんなに馴染めない言い訳にはならないってことは……」

「沢井さん……？」

どきりとしたのは、漠然と考えてたことを言語化されたからかもしれない。

ただ、それ以上に、祈が階段に座ったままで膝を抱えて顔をうずめた、その姿に曰く言い難いものを感じたのも間違いなかった。

泣いている。

はっきりと嗚咽《おえつ》しているわけではないが、祈は確かに泣いているようだった。

（どうしよう……）

正直、困った。

年上の女の子が泣いているのを慰めたことなど、沙由実にはない。同い年や年下の子が涙を流しているのをなだめたり慰めたりというのはあるが、そういう子たちと祈の涙の理由は違うような気がする。少なくとも、沙由実の周りではかつてなかった事情でのことなのだろうと思えた。もっと言えば、果たして自分は何かをすべきなのかということも解らない。

――――このまま、ほっといた方がいいのではないか。

そんな気さえした。

何かを言っても、それは祈には安っぽく聞こえてしまうのではないか。

沙由実が悩んだのは、数秒だった。

「ちょっと、話聞いてきます」

「え？」

横にいた沙由実が立ち上がったのにつられて、祈は顔を上げた。

「生徒会の人たちがどういう話しているのか、ちょっと外側から聞いてみます」

特にそれで何か解るということはないのだが、ここでこのままじっと待っているというのはストレスがかかる。

要するに、沙由実はこの場でこのまま祈の話を聞くのが面倒になったのである。

するりと階段を降りて、四階の生徒会室の前にまで歩み寄る。

後ろから、息を呑む気配が届いた。

祈が驚いたらしい、というのが解る。

沙由実はそっと振り返り、指を唇に当てた。

(せっかく足音殺しているのに、そんなだとバレバレだよ)

ちなみに、足音を殺す技術は誰に学んだというのでもなく、兄の真似である。

彼女の兄の旭は、その気になれば猫にさえも気付かれずに傍に立つことができる。

そういうのは正直どうなのかと沙由実は思うのだが、なんとなくだが一緒に生活しているとそのやり方も身につくものらしい。旭に比べれば下手くそもいいところだが、生徒会室の前までほとんど足音を立てずに接近できた。

扉の前で聞き耳をたててみるが、中の会話の様子になど実は興味はない。

彼女の想定だと猫を飼っているのは二年生たちであり、生徒会でそういう話が出てくるということはまずないと思えたからだ。

だからこの時に会話を聞き取ろうとしたのはほとんどポーズのようなものであり、意味などはなかったのだが。

「――――猫を」

(え)

はっきりとはしなかったが、声が聞こえた。

確かに聞こえた。

猫と言っていた。

「――結局は――どうやって捕まえるか――」

「餌は食べるけど――」

「――あのままだと――」

「――保健所とか――」

「内田先生に――」

「――伝説の猫使いを――」

(なんの話してるの?)

沙由実は息を殺すのも忘れた。

不穏な言葉が漏れ聞こえる中で、どうしても聞き流せないことがあったのだ。

しかし、それが何を意味しているのかが解らない。

(ない、なんでお兄ちゃんのことをこの人たちが話しているの?!)

驚きそのままに声を出したりはせず、沙由実はその場を離れた。

中の声の続き、相変わらずはっきりとは聞こえなかったが、このような発言があったのだ。

――そろそろ、猫の餌をやりに行こう。

きゅっ、と音を立てはしたが、それだけで階段を上った五階への踊り場で待つ祈の傍まで駆け戻る。

「――どうしたの？」

「出てきます」

心配そうに尋ねる祈にそれだけ告げた直後に、生徒会室の扉が開いた。

◆
◆
◆

「ああ、そうか。迂闊《うかつ》だった。生徒会室にある鍵とか勝手に使えるはずないものね」

そう呟いたのは、生徒会全員が屋上へ続く扉を開けて出て行ったのを見送った祈だった。

状況から書記の二年生だけが容疑者ではないかと思ってたが、狭い生徒会室からみんなの眼の前にある鍵を持ってこっそりと抜け出すというのも無理のある話だった。

そこにまで沙由実の考えが至らなかったのは、三年生なら多分知っているだろう猫の鳴き声の噂を、どうして放置していたのかということからであったが。

扉をこっそり開けると、生徒会全員が屋上の西側の端から何かを紐《ひも》で下に垂らしているのが見えた。

（もしかして）

沙由実はそこでようやく、クロの言っていたことに思い至る。

どうして屋上に近いところではなくて、踊り場で猫の鳴き声が聞こえるのか。

簡単な理由だった。

猫が屋上ではなくて、屋上から少し下の、段差になっているところにいるからだ。

だから、ほど近い踊り場の窓越しに声が聞こえたのだ。

問題になるのは、どうしてそんなところに猫がいるかであるが。

生徒会の人間たちは、紐を引っ張りあげた。一番下にぶら下がっているのはザルのようなものだった。あれに餌を入れていたのだと、なんとなく察することができた。

祈は扉の隙間から覗きながら、眉をひそめていた。

「どういうことなのかしら……？」

「さあ……」

沙由実にも解らない。

推論してみようとしたが、脳みその何処かから直接事情を聞けばいい、と囁く声がしてくる。直接に生徒会の人間に聞けばいいのだったら、そうする方がいいと思われた。なにせ彼らがこうして猫に対してどうにかしているわけなのだから、まったく濡れ衣でも言いがかりではない。

それでも躊躇われたのは、まったく繋がりのない人たち、それも自分よりも年上の生徒会という特殊な立場の人間たちに対して詰問するというのが、単純に沙由実にとってはストレスだからだ。

（沢井さんのことはあれこれ言えないか……）

まったく関係性のない人達に話しかけるのは、勇気が必要な行為なのだと、改めて思った。

「――――『鏡』を使え」

声がした。

二人が慌てて振り向いたところに、学生に変身しているクロが立っていた。

そういえば、昼休みに別れてからこの猫は何処に行っていたのだろうか。

その疑問が沙由実の口を衝く前に、祈が「そう、それがあったわ」と頷く。

「あなたの『鏡』があれば、必要な過去の情報が映し出せるはず」

「あ――――」

正直、忘れていた。

だが確かに、あの『鏡』があれば、過去にここであったことが解るはずだ。

手にぶらさげた鞄に手をやる。

『猫の手』としての仕事がある時は、この『鏡』を常時携帯するように言われているのだ。

「――で、これ、どうやって使えばいいの？」

今までは、ほとんど無意識というか勝手に『鏡』はその霊験《れいげん》を発揮していた。彼女が自ら使うのは初めてだった。そもそもからして、使い方というのを教わった覚えがない。

「……伊緒奈は――いや、毎度のことか」

クロは、何かを言いかけて、諦観をじっくりと滲《にじ》ませた溜息を吐いた。

どうやら、彼は沙由実を問い詰めるまでもなく大方の事情を察したらしい。

「『鏡』を向けて、とりあえず念じればいい」

「それだけ？」

「それだけで、ここにある情報の中から、お前が見たいと思ってるものを選出して映し出す。多分」

「多分？」

クロは不機嫌そうな顔をした。

「ちゃんとした使い方など、私は聞いてない」

そういうのは、だいたい伊緒奈の領分だ――と、言った。

「……まあ、私の『剣』も、特別に何かが必要だったわけではないし、とりあえず念じてみたら？」

「あ、はい」

こんなで本当にいいのかしら、と思いながら『鏡』を見ると、突然に鏡面が輝いた。

暮色に染まりつつある校舎の屋上の、生徒会の者たちの数日前と思しき姿が浮かび上がる。

『――――どうする？　この猫』

『何処から入り込んだか解らないけど、誰か捕まえて外に出しとけよ』

『野良猫って素早い』
『業者とか呼んだ方がいいんじゃないですか？』
『捕まえるための業者とか呼んだら、保健所行きじゃないか』
『お金だってかかるだろ』

『――屋上に出すのとかいいんじゃないか？』

『屋上？』
『屋上なら、教師に気づかれずに猫飼えない？』
『餌やってたら、その内に懐くだろ』
『それいいかも』
『誘導してみよう』

『――あ、こいつ、飛び降りた！』

「――もういいわ」

祈の制止の声が聞こえて、映像は消えた。

彼女の声が『鏡』を左右したのではなく、祈の声があまりにも凛然とした、強さと決意を伴ったものだったのが、沙由実の集中を解いたのである。

「君ら――」

生徒会の誰かが、祈の声に気づいて振り向いた。誰だったろう、と沙由実は思う。生徒会の人間の顔などに、彼女は興味はない。それでも月曜日の朝会などで生徒会長の連絡を聞いたりはするので、さすがに会長の声は解る。つまりはその声の主は会長ではなかった。副会長か、あるいは会計か書記の二人か。

残り四人も次々に二人と、それからクロを見た。

彼ら、あるいは彼女らは一様に困惑している様子だった。

放課後に屋上に用事がある人間などはいない、という先入観があったのと、自分らを睨みつける少女という存在の登場のあまりの唐突さに、思考がついていかないのだ。

「あなたたち、無責任に猫を飼おうとしたのね」

祈の言葉に、生徒会の人間たちはある者はばつが悪そうな顔をして、ある者は反感を覚えて逆に睨み返した。自分らが責められるいわれなどない、と言わんばかりの表情だった。

「どこの誰だか知らないけど、私たちは自分らの責任を取ろうしているわよ」

ショートカットの女生徒だった。襟《えり》の校章の色は緑。三年生だ。となると、書記ではない三人、そして沙由実にはやはりその声には聞き覚えがない——副会長か会計のどちらかだろう。

「何が責任、よ」

祈は前に出た。

屋上の端にいる生徒会の面々へと、ずかずかと歩み寄る。

その歩調は無遠慮という言葉の体現であるかのようであり、祈の背中しか見えてない沙由実であっても、その表情は恐らくは怒りであるというのが解るものだった。全身全霊で、沢井祈という『猫の手』は、自分の不満を表現しているようだった。

当然、彼女の感情と足が向けられた先にいる生徒会の者たちにも、それは解ることだった。

それゆえに彼らは、狼狽と敵意とのないまぜになった顔をする。

自分らに非があるという自覚はあったろう。あったがゆえに、自己防御のように感情を固めていた。

そして、そんなことは、祈にだって解っていたのだろう。

歩く足に淀みはなく、まっすぐに彼らに向かう。

相手が上級生だとか、多人数だとか、そんなことはもうどうでもいいに違いなく、そこにあるのはただただ弾劾《だんがい》の意志だ。

生徒会の誰かが、祈のその勢いに気圧《けお》されたように後ずさったが、それでもなけなしの矜持《きょうじ》を振り絞って叫ぶ。


「俺たちは、この猫のためを思って――」


限界だった。

ぷつり、と何か張りつめていたものが切れた、と沙由実にはそんな気がした。

「やめろ、祈」

落ち着いた様子で『猫の手』たちを眺めていたクロが、その時になって慌てたように口を出した。彼は、知っていたのだ。

たんっ、と祈の足が床を蹴った。

最初に、三年生の校章の生徒が倒れた。先ほど言葉を返したショートカットの女の子ではない。副会長か会計かのどちらかの生徒だ。続けて、もう一人の緑の校章の生徒が倒れる。ついさっき祈に叫び返した生徒だ。そういえば、生徒会長の声ではなかった。だとすると、三年生の残った最後の一人が会長ということになるのだろう。セミロングの女生徒だ。彼女は驚愕の眼差しで祈を見ている。自分らの仲間を倒し、自分へと肉迫している祈を見ている。そして何がなんだか解らないにも関わらず、咄嗟《とっさ》にその場から飛びのいた。

ぶん、と光が生徒会長のいた辺りの空間を薙《な》ぎ払った。

「何、それは」

会長は見事といえる回避行動を取っていたが、さすがにその光には目を奪われていた。祈の右手から伸びる光の棒——剣の姿に、言葉を失っていた。

『剣』だ。

祈は、『猫の手』に与えられる神器で人を倒したのだった。

(沢井さん……!)

沙由実は叫ぼうとした。

叫べなかった。

修羅場《しゅらば》と呼べるようなところに来るのは初めてではない。妖怪なんてものにも出会っている。それでも、今のこの状況は異様で異常で、彼女を凍り付かせるのに十分だった。屋上で、暮色の中で、祈の知る人が剣をもって相手を切り裂こうとしている。声が出ない。足が動かない。そもそも、どう言って祈を止めていいのか解らない。止めるべきなのかも解らない。

生徒会長が、何か拳法みたいな構えをとった。武道の心得があったのかもしれない。他の、残った二人の男子の片割れが携帯電話を取り出した。警察でも呼ぼうとしているのかもしれないが、軽くパニックになっているらしい。何処をどう押していいのか解らない様子だった。むしろ、この場でそこまで常識的な行動をとれたということを称賛すべきことだったのかもしれない。もう一人など、祈を組み伏せようと襲い掛かろうとしたのだ。

「――――ッ」

彼女は、そちらへ顔も向けもしなかった。

軽くひと薙ぎしただけで、その二年生は倒れた。何が起きたのか解らない、そんな顔をしていた。無理もない話ではあった。

「――伸びた⁉」

生徒会長が叫ぶ。

そう。

『剣』はその刀身を一瞬にして数倍に伸ばしたのだ。

沙由実も初めて見る機能だった。教えて貰ってすらいなかった。

「スタンガンとかじゃ、ないの……？」

困惑の表情で、しかし構えを崩さずに呟く生徒会長だが、祈は彼女の言葉をこれ以上聞くつもりはなかったらしい。

こつこつとわざとらしく足音をたてて、歩み寄っていく。

（どうしよう……）

沙由実には、何もできなかった。

体の硬直はなくなったが、祈をどうにかできるかなどということは考えることすらできない。今彼女にできることは、祈が生徒会長をも切り伏せるのを見ることだけだった。生徒会長が倒れるのを見ることしかできない。助けるべきなのか、見捨てたほうがいいのか、それも解らない。沙由実には何をしていいのか解らない。だが、それ以上に。

（なんで、沢井さん、あんなに怒っているんだろう）

無責任に猫を飼おうとしたこと、それは確かにあまりよくないことだということは沙由実にだって解る。

猫だって命あるものなのだ。

責任を持って扱わなくてはいけない。

なのに、この生徒会の人たちはそこらがいい加減ではある。

どうやってか校舎に迷い込んできた猫——おそらく、人の気配に追われ追い詰められ、四階にまで登ってきたのだろう。たまたま彼らはそれを見つけて、しかし捕まえることはできなかった。当然だ。野良猫を簡単に手なずけられるものではない。業者を呼んでしまえば保健所に連れていかれるかもしれない、という懸念も解らないでもない。だが、屋上へと誘導してしまうというのは浅慮にもほどがあると思えた。屋上がほど近いから手っ取り早いということもあったのだろうが、誘導ができたのならば手間はかかっても外へと追いやれたかもしれない。業者の人だって、話せば保健所ではなく別のところに連れていくかもしれない。避妊手術を受けさせたうえでの放逐というのもある。そんなこと、ちょっと調べればわかることではないか。

助けてやるつもりで、という気持ちは嘘ではないのかもしれないが、それは沙由実には少し傲慢に思えた。一方的で、想像力の欠けた行為であるようだった。生徒会とは言っても、中学生というのならばそんなものなのかもしれなかった。

だけど。

だけど、しかしそれは、今こうやって『剣』で刻まれるほどの悪いことなのかと言うと、それは違うと思う。『剣』で切られたら痛いのか、それとも痛くないのかも解らないが、彼らをそこまでして弾劾して制裁しようとする祈の意志の、その理由が沙由実には解らなかった。

(一体、どうすれば)

自分がどう行動するにしても、どう諫《いさ》めるにしても、祈の気持ちが解らないのではどうしようもない。

圧倒的な暴力で相手を屈服させるのが悪いことなのだと、そんな当たり前の道徳でどうにかできるようには思えなかった。

「ち。『猫の手』にこれ以上の狼藉《ろうぜき》をさせるわけにも――」

クロがそう呻《うめ》くように言うが、手を出しあぐねている。数十年と生きた猫であっても、『猫の手』の持つ『剣』に対抗する術などはないのかもしれない。

ふっと、沙由実は自分の手の中にある『鏡』を見た。

真実をさらすという『鏡』。

それが邪悪を刻む『剣』に勝てるはずもない。

だけど。

だけど。

だけど。

どうしてか、沙由実はその鏡をもう一度掲げた。どうしてそんなことをしたのか、彼女自身にも解らない。ただ、その時はそれが最良の選択であるような気がした。あるいは、彼女の知りたいという意志が、『鏡』をして動かしたのかもしれない。

光が。


『――――転校？』

『そうだ。やっぱり、今のお前の成績だと、学区外から入学するのは難しいみたいだからな』

『そうだけど、だけど、別に学区外の高校に入らなくても』

『将来のことを考えると、就職するにしても進学するにしても、ある程度の高校に入るのが一番いい』

『大学受験は予備校なんかもあるけど、やっぱり普段からそこそこの学校に通っていた方がいいわ』

（沢井さん？）

その光景は、何処かの家の応接間のようだった。いや、何処の家なのかなどはすぐ解る。祈がいて、その祈の将来について語る二人が、両親がいるというのならば、そこは祈の家のはずだ。

彼女は両親に、転校することを薦められているようだった。

（学区外——って、どういうこと？）

沙由実の疑問に答えるかのように、映像の中の光景の祈の父が溜息を吐く。

『五科目総合で三五〇点か……悪くないけど、やはり学区外から入学するには足りないなあ』

『そうね、五科目で四〇〇点以上は必要と言うものね』

『今の成績で総合選抜校に入るなら、やっぱり学区内に転校しておく必要があるな』

『そんな……私、今の学校から離れたくない！　ずっとみんなと一緒だったんだし、これからもみんなと一緒の高校に入って、それで――』

『なあ、祈、そんないつまでもみんな一緒にいられるわけじゃないんだ』

『そうよ。高校まで一緒だとしても、卒業してから先は進路は分かれるわ。三年間のためだけに、残りの一生を棒に振るつもり？』

『だけど――』


『解ってくれ。これもみんな、お前のためを思ってのことなんだ――』


ぶるり、と祈の背中が震えた。

そして、突然に振り返る。

（え――――）

同時に、生徒会長が床に倒れる音がした。

いつの間にか、『鏡』の作り出した映像は消えていたようだった。

「あなた――――何を見たの？」

優しく問いかけるような、しかしそれは詰問だった。うかつなことは言えない、ということだけは解った。彼女は怒っている。自分の中の、見られたくない部分を見られたかもしれないということを怒っている。しかし、どう答えていいのか解らなかった。どう正直に言っても心を無断で見たのは確かで、それはどう考えても失礼極まりない行為だったからだ。

だが。

「…………そう」

と何かを悟ったように、そんな風に祈は頷いた。

じり、と『剣』を片手にぶら下げたまま、沙由実ににじり寄ってくる。

「私の事情を知ったのね」

「――――ッ」

声には出さず、しかし沙由実の表情が固まった。言葉にするよりも雄弁に、祈の言葉を肯定していた。

「そう、私もね、転校なんかしたくなかったけど、転校させられて」

ぽつりと。

「親の仕事の都合とかだったら、まだ諦めもついたけど、」

ゆっくりと。

「私のためだって言うの。私のために引っ越して、転校させて、」

近寄ってくる。

「それで、私、ずっと仲良かった友達とも別れて、」

「………」

祈は、沙由実の眼前にまでやってきていた。

「解ってるわよ。私だって、将来のことを心配しているお父さんたちの気持ちは解るわよ。だけど、それでも、嫌だったんだもの。友達と別れたくなかったんだもの。私には、前の学校のみんなと以外、友達をどう作っていいのか、解んないんだもの」

「それは――、」

沙由実は、ふと数日前の、教頭先生の言葉を思い出した。

『仲良くなってあげてね』

あの先生は、彼女の、祈の事情を知っていたのではないか。

自分のためといわれ、意に反する転校をさせられて、そして馴染めないままに孤立している少女の。

「――何をするつもりだ、祈」

クロが、沙由実をかばうように祈の前に立ちはだかった。何をどうするつもりなのかは解らないが、何かしらの害意のようなものを感じたのだろう。

「そんなの、決まってるじゃないの。クロ。『剣』の力は相手を屈服させる力よ。これで切られたら逆らえなくなるのよね。だから、人の心の中を見た子なんか、お仕置きして、二度とそんなこと考えられなくしてあげないと」

「…………ッ」

恐怖が、沙由実を支配した。

祈の言葉が本気であることに、少なくとも自分を切ろうとしていることは明らかであると気づいてしまったのだ。

だけど。

恐怖に支配された沙由実の中で、抗《あらが》うでもなく疼《うず》くものがあった。抗うのではなくて、だけど何か騒ぐものがあった。上手く形にできない何かがいた。

(沢井さん)

それを、

口にしようと、

「少し痛いかもしれないけど、あなたのためだから」

祈が、言った。自分でも信じていないような、皮肉げな言葉と声だった。

クロがわずかに姿勢を低くする。

攻撃するのか防御するのか、いずれにせよ、態勢を整えたのだろう。

祈も『剣』を片手上段に掲げて。

その時、扉が開いた。

屋上の扉だ。

誰かが開いているのに気づいて入ってきたのだろうか――ということに思い至った沙由実だが、そちらに反射的に振り向いてしまい、その瞬間に「しまった」と思った。

自分を攻撃しようとしている人間を前にして目を離すなど、あまりにも、迂闊という言葉ですら足りない間抜けだ。

だが、その後悔すらも、その入ってきた誰かを見ただけで消し飛んだ。


「――なんでお前、こんなところにいるんだ？」


茶褐色《ちゃかっしょく》の甚平を着た長身の男――沙由実の兄、上月旭だった。

何か大きなカバンをしょいながら、つかつかと屋上に足を踏み入れてくる。

「なんで、って」

それはこちらのセリフだ、という言葉は飲み込んだ。

「――旭か」

凄く、本当に凄く嫌なものに遭遇したような顔をして、クロは兄の名を口にした。ような、は必要がなかったかもしれない。まさしく、間違えようもなく、旭はクロにとって嫌な相手だった。

「……どっかで会ったことがある？」

と旭は自分を呼び捨てたクロを怪訝そうに一瞥してから、興味深そうに屋上の様子を眺めて回る。

その中には当然ながら、輝く『剣』を持つ祈もいたのだが、突然の闖入者《ちんにゅうしゃ》にどう反応していいのか解らなかったのは彼女も同様だったらしい、咄嗟に『剣』を持つ手を背中に回して隠してしまう。

旭は首を傾げた。

「何がなんだかよく解らない」

「いやそれ本当にこっちのセリフだから」

さすがに、我慢できなかった。

ついいつも通りに突っ込んでしまった沙由実だが、旭は「うーん」と唸《うな》ってから、さらに倒れている生徒会の面々を見る。

「あの子ら、倒れているみたいだけど、何、寝てるの？」

「それは……」

「というか、どうにも状況が解らない。——お前、生徒会に入ってたっけ？」

旭の言葉に、ようやく沙由実は思い至ることがあった。

「あ」と声を上げてから、彼女もまた生徒会の人間たちを見る。

「お兄ちゃん、生徒会の人たちに呼ばれたの？」

「うん」

旭はそっけなく言ってから、倒れている者たちの傍にまで歩み寄り、「うーん」と唸って手を顔の前にやってから縦横に動かす。その所作にどういう意味があったのか、次の瞬間に旭の一番近くに倒れていた生徒会長が、ゆっくりと顔を上げた。

旭は生徒会長に「大丈夫？」と声をかけてから、一人一人の前でさっきの所作を繰り返した。

……全員がその直後に意識を取り戻し、のろのろと立ち上がる。

その様子を眺めていて、呆然としているのは沙由実だけではなかった。祈は愕然とした表情をしてしまっている。これ以上ないというほどの驚きで眼をいっぱいに広げ、旭を見ていた。

「何が、おきたの……」

そう口にしてしまったのは、あろうことか旭の身内であるはずの沙由実だった。兄がどうやって生徒会の人たちを起こしたのか、まったく見当がつかなかったのだ。

「十字を切ったのね」

「──いーちゃん⁉」

旭に続いて扉の向こうから現れたのは、パンツルックの伊緒奈だった。

「うん？」

と旭は妹の声に振り向き、眉をひそめる。

「なんだ、お前も伊緒奈さん知ってるのか」

「え」

「にしても、うちの猫と同じ呼び方というのはなんだ。お前、その人はうちの子と同じ名前だけど、ずっと年上の人なんだぞ」

「え」

「──そう注意なさらなくても」

と、伊緒奈が微笑む。

「旭さんの妹さんには、同じ名前だとさんはつけにくいだろうからって、私が呼び捨てするように言ったんですよ？」

「え」

旭さん。

いつもあなた呼び捨てているじゃないの。

そう口にしかけたのだが、「伊緒奈さんがそうおっしゃるのなら」と旭が言うのを聞いて、何も言えなくなった。

（どういうこと……？　お兄ちゃんって伊緒奈のこの姿のこと知ってるの？　え？）

……よくよく考えれば、あの喫茶店ソーサリーには旭がたまに立ち寄っているというのだとは聞いているわけで、仕事を人の姿で手伝ってる伊緒奈のことを旭が知っていたとしても不思議ではない。不思議ではないのだが――自分の中学でこうやって二人が揃っている、という状況は不思議を通りこして奇怪であるような気さえする。

「十字を切ったって、どういうこと？」

祈が、小さな声で聞いた。自分がしでかしたこと、やらかそうとしたことを忘れてしまうほどの衝撃があったらしい。

「――ああ、それ。旭はクリスチャンでね」

「初耳だよ!?」

兄なのに。

クリスチャンというのがキリスト教徒だというのは知っているのだが、それと兄とが結びつかない。

というか、それとあそこで十字を切るという動作に繫がるというのがさらに解らない。

そう言うと、伊緒奈は「さあ」と首をすくめて見せた。

「旭が何を考えているかなんんか、想像するだけ無駄だし」

「……えー」

「…………」

さすがに『猫の手』二人も、ぽかんとしてしまった。この猫の変身した美女は、猫の姿の時と一緒で、言動が無責任極まりない。

それでも、少しは事情を説明した方がいいと思ったのか、言葉を添えた。

「旭が昼前にソーサリーで仕事している最中に電話がかかってきてね。猫を助けたいのでお知恵を借りたいって、ここの生徒会から」

「ああ……」

それで、あの時、兄のことを彼らは生徒会室で口にしていたのか。

「内田先生経由で、電話番号を知ったらしくてね。傍で話聞いてた私は、ああ、今回の仕事の関係のあれだと気づいて、興味があるからって無理言ってついてきたわけ」

「そういうこと……あ、けど、二人はどうやって入ってこられたの？　中に入るの、許可とか貰わないといけないはずだけど」

「勝手に」

「………」

「旭と私にかかれば、この程度のセキュリティは簡単だったね。ああ、さすがの旭も、私が自分の通った道をトレースしてついてこられたのは驚いてたけど」

ニヒヒ、と伊緒奈は笑って見せた。普段はいいように自分を弄ぶ旭が驚く顔を見ることができて、それなりにご満悦らしい。

「……ねえ、あなたのお兄さんって、本当にどういう人……？」

さすがにもう、切るとか切らないとかどうでもよくなったらしい祈が、何かを求めるように尋ねてきた。自分の思考がまったくついていけない事態に、何かしら不安を覚えたらしい。

「えーと、猫使い、かな」

「猫使い？　『猫の手』ではなくて？」

「なんか、そんな風にみんな呼んでるわけで……」

二人は旭と生徒会の人間が話しているのを見る。彼らは一様に切られた記憶がないらしく、何か納得がいかないという顔で時折にちらちらと二人の方を見るが、とりあえず猫を助けるのを優先したいのか、旭にむかって状況を説明していた。旭はそれを聞いてふむふむと相槌を打ちながら、屋上から猫のいる場所を見下ろす。

「ああ、なるほど——了解、すぐ取りかかろう」

その言葉に、二人の『猫の手』も気になって屋上の端に駆け寄った。

「さてと」

旭はカバンから、生徒会の用意してたものよりも大きなザルを取り出した。

◆
◆
◆

結果からいえば、旭は五分で猫を救出した。

ザルの四か所に紐を通しておろし、猫がその真ん中に乗るのを確認してから上げる
――それだけのことで、済んだ。

鮮やかな手並みに、生徒会も『猫の手』たちも「おおっ」と声を上げてしまった。

彼らもザルに乗せて猫を救出しようということは考えたらしいのだが、猫は餌には食いつくものの、紐が動くとさっと動いてしまい、どうにもならなかったのだという。

旭が用意したザルは彼らのそれよりも大きく、真ん中には餌ではなくて粉末が撒《ま》いてあったのが工夫だった。

「――――またたび」

その手があったか、と生徒会の人間は随分と感心した。

またたびと言っても、何かそれに併《あわ》せていろいろと混ぜたものだという。旭が作ったその粉末は、猫に随分と効果を与えるらしい。たちまちのうちにそれに寄ってきて、嗅《か》いでからしばらくして幸せそうにその場にしゃがみ込んでしまった。何かやばい薬でも入ってるのではないかと沙由実は思ったが、顔をしかめているクロが「危険なものは入っていない」とどういう風にか成分を嗅ぎ分けることができたらしく、端的に答えてくれた。何が入っているかについては、教えてくれなかったが。

そのあとの、またたびの効果が切れたあとの猫の対処も見事なものだった。

黒色のキジ虎模様で、足が靴下をはいているように白いその猫は、まだ半年程度の子猫のように見えた。旭の腕の中で随分と暴れたのだが、軽々と丸められてなだめられ、やがては大人しくなってしまった。

「これが伝説の猫使い……」

などと生徒会長は嘆息したものであるが。

「本当に、どういうことなのよ……」

この中で一番事情が解らないのは祈だった。

旭という若者が一体どういう人物なのか、さっぱり解らない——というのは無理からぬ話だ。妹である沙由実にだって上手く説明できない。

「まあその話は後でだな」

とクロは言って、屋上から出ることを促す。

「じゃあ、自分の後をついてくるように」

旭はそう言って先導した。

驚くべきことに、警備員に見つからずに校舎から出ることができた。

「――猫使い、と呼ばれていた頃もあるね」

旭はそう校外に出てから自己紹介した。勿論、そんなことをする相手は何も知らない祈にだけである。

「猫使い」

祈はそれを鸚鵡《おうむ》返しに言ってから、「どういうものなんですか？」と聞いた。

「いや、普通に猫とか好きで好きで、野良猫とか見つけたら抱き上げたりしてただけなんだけどね」

「はあ……」

なんだかよく解らないのだが、説明を聞くとこういうことだった。

上月旭という若者は、とにかく昔から猫が好きで好きで、自分の飼っている猫の伊緒奈はもとより、猫という猫を見つけては抱き上げたり撫で上げたりしていた。ふつうは野良猫などは抱き上げることなどできないのだが、彼は不断の修練でそれを可能にした。餌で慣らすなどということはせず、本当にただ接近して抱き上げて撫でるのである。

よくわからない、という顔を祈はした。

そこまでして猫をかわいがろうとする執念が、そもそも解らない。

「いや、猫かわいいし」

「あ、はい」

真顔で即答され、祈はそれだけしか言えなかった。

(普通、そうなるよね……)

沙由実は同情した。普段から同じ家で生活している彼女には、旭の所業は一応日常茶飯事で慣れてはいる。だが、そういうのを知らない祈にとっては、正直意味不明にしか聞こえないだろう。

「中学の時には猫使いという称号を得てしまったが……今は、たまに飼い猫を探すボランティアなんかに参加したりするくらいかな。後は野良猫に不妊手術をさせる活動に参加したり」

そして、時折に猫に関わるトラブルを解決してほしいなどで、かつての同級生などを通じてこんな仕事が舞い込むことがあるのだという。

「そんなことしてたの？」

といったのは沙由実だった。ボランティアだとかの話は聞いていたが、そんな猫トラブルの解決というのは初耳だった。

「まあ、たまにだし。仕事と言ってもほとんどお金とか取らんし。今日の場合は、あとでこの子は避妊手術させにゃならんから、経費は一部出して貰うかな」

そう言いながら、腕の中の猫を撫でる。猫は気持ちよさそうに——ではなくて、なんだか困ったように身をぐねぐねと動かすのだが、完全に動きを封じられている。

猫使い——少なくとも、当人が猫に向けるほどには、猫たちは彼を好きではないらしい。

その様子をじーっと観察するように見ていた祈であるが、やがて何かを決意したように呼吸を整えると。

「その、失礼ですけど——、あなたの好意は一方的な、余計なお世話なんじゃないですか？」

（ああ……）

それか、と沙由実はやっと得心できた。祈が腹を立てていたことは、一方的な好意による押しつけで結果として困ったことになっている……そんなことに対するいらつきなのだ。言葉にしてみると、なんだかどうでもいいようなことだった。好意のすれ違いだなんて当たり前にあることだ。そんなことで腹を立ててしまうというのは何処か子供じみているような気がした。それとも、まだ言葉にしていない何かがあるのだろうか。

旭は少し驚いたような顔をした。

そして。

「そんな中学生みたいなこと聞かれるとは思わなかった」

真顔で言った。

「いや、中学生だって」

思わず家でいる時のように突っ込みをいれる沙由実。

「――茶化《ちゃか》さないでください」

できるだけ低くした声で、祈が続ける。

「私は真剣なんです」

「と言われても、好意なんてものはだいたい一方的なもんだしね」

いともあっさりと、旭は言った。

腕の中の猫がまた暴れだそうとしたが、腕を動かしてさっさと封じる。

「相手が迷惑に感じても？　それでも、それは好意だから受け入れろと？　悪意がないからって――」

「そういうのはケースバイケースなんでなんとも」

身も蓋もない言葉だった。

ただ。

少しだけ何か思案するように顔をあげて上を見た旭は、やがて祈へと向き直り。

「好意を押し付けられたと思った時は、それはその相手がどうでもいいか嫌いな相手だってことだろうね」

「逆に——好意を受け入れたいって思う相手がいるとしたら、それは、君が好きな相手だってことだろう」

ひどく身も蓋もなくて、そしてどうでもいいくらいに当たり前のことを口にした旭に、どういうわけか祈は硬直した。

(うん……？)

なんだろうか。

今の言葉に、祈は何を感じたのだろうか。

沙由実には解らない。

「そう——そうですよね。一度は、それを受け入れたってことは、私は、その人たちが好きだってことなんですよね」

そんな当たり前のことも、忘れてた。

祈のその呟きに、どうしてか旭は眉をひそめて。

「まあ、好意があるのないのというのは言葉が通じる相手との間での話でね。こうして猫のために避妊やら去勢やらをやっても。話ができないから迷惑がられるだけでね。仕方ない。別に感謝がほしいからやってるわけでもないし。それにまあ、迷惑がられているのは知ってるけど、文句言われているわけでもないしね」

だから、こうやって一方的に可愛がれる——といった。

その言葉に、クロはしかめっ面をして、伊緒奈は笑っているのか怒っているのか、なんだか複雑な顔をした。

祈も少し不思議そうな顔をしてから、苦笑した。

猫使い——などと呼ばれていても、猫に話しができるというのを知らないのだ。

(く……教えたい……いーちゃんたちがいつも迷惑がってて、愚痴こぼしていることを言ってみたい……)

なんだかうずうずとするのだが、それは言ってはいけないという約束なのだ。

そんな妹の様子をじっと見つめていた旭だが、やがて。

「とりあえず、なんというか……君は、ちゃんと話をするといいよ」

「……誰とですか？」

慎重にそう問い返す祈は、その時には解っていたのかもしれない。

「そりゃあ、みんなだね。友達とか先生とか——御両親とか、ね」

「…………」

「相手は猫じゃない。話せば解る、こともある」

「…………」

二人の会話は、それっきりだ。

やがて、無言で数十秒ほど経過した後、旭は猫を連れて別の道に進んだ。とりあえずは野良猫を避妊させるために、あらかじめ連絡していた動物病院につれていくのだということだった。

ただ、別れ際、彼は妹である沙由実に向かい、

「お前も、ちゃんと話をしろよ」

と言った。

それがどういう意味であるのか、問い返すことはどうしてか沙由実はしなかった。

世界が薄暗くなる中で、旭の背中が見えなくなっていった。

◆　◆　◆

「——ごめんなさい」

と、旭の姿が見えなくなってから、沙由実は祈に頭を下げた。と同時に、祈もまた自分に向かって頭を下げているのに気づく。

「何を」

とまで二人は同時に言っていた。

「……あの、沢井さんの心を勝手に覗いたことを」

「……私も、いらついていたからって、あなたを『剣』で切ろうとして」

冷静に考えれば、お互いにひどいことをしたものだ——沙由実はそう思ったし、多分、祈もそう思ったのだ。だけど、沙由実は自分のしたことを謝りたいと思ったし、祈もやはりそうなのだろう。そしてそれは、お互いを許したいからなのだろう、と、そんな気がする。

二人ともなんだか困ったような、嬉しいことがあったかのような、そんな顔をして見つめ合い、どちらがいうでもなく足を進めだした。

最初に言葉を発したのは、祈だ。

「あなたのお兄さん、不思議な人ね」

「不思議——というより、変な人だよ」

そんなに難しいこととか、おかしなことを考えているのではないと、妹である沙由実には解っている。多分、彼を知るみんながそれは知っている。ただ、なんというか、旭はずれているのだろう、と思う。どうずれているのかは、上手く言えないけど。

それを言うと、祈は「そうね」と首肯した。

「もしかしたら、あの人、私の家の事情、知ってたのかな」

「どうなのかな。橘さんの友達だっていうから、そちらから聞いてたとか」

「店長が、そういうプライバシーを話すとも思えないけど……それに私、そんなにあの人には、家庭事情は話してないし」

「じゃあわかんない」

祈は頷き。

「もしかしたら、あの人、猫が話せることも知ってる——のかしら」

沙由実はクロと伊緒奈の方を見た。

二匹は人の姿のまま「にゃあ」と鳴いて、揃って右手を顔の前で振った。

「知ってて、」

「抱き回して頬ずりしてるとか、」

「そういうのはありえんだろう」

そう——で、あって欲しい。

ふと沙由実は、兄にだっこされているクロと伊緒奈の姿を思い浮かべた。

黒髪でクールな美男子が旭の腕の中で暴れて、それを抑え込まれているという絵面は、想像するだにおかしな光景だった。

祈も同じようなことを考えてたらしい。

口元に手をあてて、その場にしゃがみ込んでいる。もしかしなくても笑いをこらえているのだろう。

「変なことを考えたなお前ら!?」

クロが叫ぶ。

伊緒奈も、珍しく怒っていた。

それでも二人の『猫の手』は、薄暗くなっていく街中で、随分と長く笑いをこらえつづけていた。

終わり。

あとがき

こんにちわ。初めまして、あるいはお久しぶりです。

奇水《きすい》です。

『猫とわたしと三丁目の怪屋敷』一巻をお送りします。二巻がでるかは未定です。

そんなわけで、毎度のことですがあとがきで書くべきことは冒頭三行でだいたい書いてしまいました。この後は猫がいかに可愛い素敵な生き物であるかを延々と語りたいです。語れませんけど。ページ数の限度がありますから。本当は二十ページくらい猫と私の生活を書き続けていたいのですが、さすがに無理です。残念です。

猫という生き物がいつ頃から人類と共に生きるようになったのかはさすがに解りません。きっと犬と同じくらいには一緒に生活していたのではないかと思うのですが、しかし例えば西洋にある伝説では、猫はノアの方舟には乗ってなかったなんてものもあるそうで、大洪水の後に創造された生き物だというものもあるそうです。どういう由来でそんな話が生まれたのか知りませんけど、大変興味深い話だと思います。

今回の話を書くにあたって、そのような猫に関係する伝説や物語を片っ端から採取した——なんてことはありませんでしたけど。

いや、そういうことも考えて色々と資料をチェックはしてたんですけどね。

そんなことをしようとしていた矢先、うちの猫が逝ってしまいました。

去年の七月の頃でした。

私のデビュー作である『非《ひ》公認《こうにん》魔《ま》法少女戦線《ほうしょうじょせんせん》』の最終巻が刊行されたのと、ほぼ前後してのことでした。

三毛の彼女は、うちにやってきてから少なくとも十八年——恐らく二十年以上の歳を経た老猫でした。さすがにここ数年は動きもすっかり鈍くなってましたが、むしろその所作には優雅さを増していってるように感じていました。

江戸時代の話には猫は十年ほど生きると人の言葉を解するようになるというものがありましたが、なるほど、もしかして、なんて思わせる反応を示していたものです。古い時代の人が猫に浪漫を感じるのも無理からぬと思わせるものでした。

さすがに、ここ数年は果たして夏を越えられるかどうかがまず心配になるほど精彩を欠いていましたが、それでもなお、あるいはだからこそ、彼女に霊妙を期待してしまったところはあります。昔話を信じているわけではなかったのですが、

それでも……と。

そんなこんながあって、この話、書き上げるのに時間がかかってしまいました。

本来の刊行予定は去年だったんですが、他の予定も重なったりして指も進みませんでした。

なんとか仕上げることができたのは、担当編集様の清瀬《きよせ》さんや励ましていただいた友人たちのおかげです。

そして、私が留守の間にやってきた、新たな猫も。

そう。

三毛の彼女が亡くなった時、無茶苦茶に泣いてもう猫なんて飼わない！　なんて言ってた母なのですが、仕事場の人から子猫を押し付けられて連れて帰り、今では私や妹がひくほどに可愛がってます。いやまあ、可愛いのは確かなんですが、それにしたってねえ……。

三毛の彼女と違い、暴れん坊のこいつにはほとほと手を焼かされてます。障子紙破

るは、貰《もら》い物の首飾りを噛んで紐を噛みちぎるはで、毎日かまってかまってと甘噛みしてくるとかで、作業効率が正直三割くらい落ちてしまいましたね。

だけど。だけど。

いつしか、三毛の彼女を思い出すことも少なくなってきました。ぼんやりと寝転がっていると不意に悲しくなって涙がでることも、ほとんど亡くなりました。それはきっと、暴れん坊のこいつのおかげなんだと思います。

そういうわけで刊行されたこの話、皆様の中にある猫ＬＯＶＥソウルに果たして届いたでしょうか？

最後に恒例の謝辞を。

遅々として筆の進まない私をなんだかんだと叱咤《しった》激励してくださった清瀬さん、そして校閲様、ご迷惑おかけしました。イラストのソノムラ先生、可愛くも美しいイラスト、ありがとうございます。他、多くの関係者の皆様、本当にお世話になりました。

そしてこの本を手にとって頂いた方々に——

限りなき、感謝を。

奇水

著作リスト

猫とわたしと三丁目の怪屋敷（メディアワークス文庫）
非公認魔法少女戦線 ほのかクリティカル（電撃文庫）
非公認魔法少女戦線II まいんカタストロフ（同）
非公認魔法少女戦線III まきせインビンシブル（同）

本書は書き下ろしです。

◇◇メディアワークス文庫

猫《ねこ》とわたしと三丁目《さんちょうめ》の怪屋敷《かいやしき》

奇水《きすい》

発行　2015年4月25日　初版発行

発行者　塚田正晃
発行所　株式会社KADOKAWA
〒102-8177　東京都千代田区富士見2-13-3
プロデュース　アスキー・メディアワークス
〒102-8584　東京都千代田区富士見1-8-19
電話03-5216-8399（編集）
電話03-3238-1854（営業）
装丁者　渡辺宏一（有限会社ニイナナニイゴオ）
印刷　株式会社暁印刷
製本　株式会社ビルディング・ブックセンター

ISBN978-4-04-865132-5 C0193

メディアワークス文庫　http://mwbunko.com/
株式会社KADOKAWA　http://www.kadokawa.co.jp/

本書に対するご意見、ご感想をお寄せください。

あて先
〒102-8584　東京都千代田区富士見1-8-19　アスキー・メディアワークス
メディアワークス文庫編集部
「奇水先生」係